院内カフェ

中島たい子

朝日文庫

本書は二〇一五年七月、小社より刊行されたものです。

院内カフェ

1

ポロシャツにエプロンという姿で、私はカウンターの内側にいる。レジをはさんだ向こうには、瘦せぎみの小さな男が立っている。シルバーのボディーからハンドルやノズルがいくつも突き出ている、ラ・チンバリー社製のエスプレッソマシンの上には、白いマグカップが並び、蒸気で温められている。その横にも小柄の男がいるが、彼も同様にポロシャツにエプロン。カウンターの向こうの男も、同じユニフォームを着てこちら側に入ったら、店員に見えるのだろうか？　と私は、男が言葉を発するのを待ちながら考えていた。

「店内でお召し上がりですか？」

という問いかけにも、まだ答えてもらっていない。今日も、袖が擦り切れている黄緑のヤッケを着て、男はざっくりと切られた前髪をぎこちなく指でいじりながら、ウルメイワシのような目に光をたたえて、レジ横のメニューを見つめている。

「この……ア、アップルシ、ナモ、ンラテって……どう、どんなやつ？」

口を開いたかと思えば、ドキッとするぐらいの大きな声で、男はたずねる。「こちらは、カフェラテにホイップクリームと――」

メニューのトップにある、季節限定のドリンクを指して問いかけてくる彼に、私は先週も、先々週もした説明をくり返す。が、聞いているのか、いないのか、まばたきもせずに「ウルメ」は、二重の大きな目でこちらを見つめ、また問いかける。

「カラダに、いいヤツ、なのかな？」

これもお決まりの質問なのだけれど、私もいつもと同じく、曖昧に笑ってごまかすことしかできなかった。答えを得られなかったウルメは、指をその下にずらし、続けてレギュラーメニューを順に、ぶつぶつと唱える。

カフェラ、テ、の……エス、エム、エル。
カ、プチノ、の……エス、エム、エル。
ソイラ、テ、の……エス、エム、エル。

キャ、キャメ……ラメル、ラテの……エス、エム――。

この儀式もいつものことなので、その間私は、店に出られるぐらい清潔にした、エプロン姿の彼を想像している。

「――ホンジツノコーヒー、の……エス」

比較的流暢《りゅうちょう》にそう言って、朗読はようやく終わり、彼は顔をあげた。それを注文したということだ。「本日のコーヒー」は、レジの後ろにあるドリップマシンからすぐに出せるので、同時に私はきびすを返した。エスプレッソマシン担当の村上君も、ウルメが本日のコーヒーしか頼まないのを知っているから、バックヤードに補充品を取りに行っている。

「二百八十円になります」

店内用のSサイズのマグカップに注いだコーヒーを、レジ横から出して告げると、ウルメは爪の間が黒い指で、百円硬貨を三枚、カウンターの上に並べた。私はそれを取ってレジを打ち、二十円とレシートを、しわも深くなってきている彼の手のひらに返す。

「ごゆっくりどうぞ」

言われなくても閉店まで、今日も彼はいるだろう。マグカップを片手に持ち、見ていて不安になる足どりで彼はフロアの方を向くと、他には誰もいないのに客席を見まわす。コーヒーをこぼす前に――実際にこぼしたこともあるので――どこでもいいから座ってほしい。髪と爪を切ったとしても、彼がここで働くのは難しそうだ。彼もそのつもりはないと思うけれど。ウルメを目の端で追っていると、病院のエリアである会計ロビーの方から、存在を誇示するようなサンダルの音が、パンカパンカと響いてきた。見なくてもわかるが、やはり「ゲジデント」だった。医師や看護師が着用するスクラブという青いシャツの上に白衣コートをはおり、スマホ片手に、誰もいないロビーをつっきってカフェに入ってきた彼も、常連客の一人。

「いらっしゃいませ」

私と村上君の声が重なる。ゲジデントは、未だもたもたしているウルメなど見えてないかのように最短距離で真っ直ぐにレジに向かって来ると、袖をまくっている毛深い腕を、カウンターにどんと置いた。

「えー、カプチーノ、M。ショット追加」

看護学生に指示を出すような口調に、こちらも最低限の笑顔しか返せなくなる。

「店内でお召し上がりですか?」

ゲジデントは、こちらを見ずに、いかにも忙しいという感じで小さくうなずく。

すでに持ち場についてエスプレッソマシンのバルブを空噴きさせている村上君に、

「イン、カプチーノ、ミディアム、エクストラショットでお願いします」

オーダーを通すと、彼はマニュアルどおり元気よく注文をくり返して、けれど、チラッと私を見た。閉店まであと一時間半なのに、濃いヤツがダブルショットで来たか、と同じことを思っているに違いない。眉も体毛も濃いので、レジデント（研修医）にかけて「ゲジデント」と私が名付けた彼は、こちらが何か失態でもしたかのように、ため息をつき、飲み物が出てくるのを待っている。お客様だから何も言えないが、この大きな総合病院の中にあっても、カフェはその管轄ではないので、勘違いしないでほしい。それに、病院のことを詳しく知っているわけではないが、私がバイトに入る週末は、一般的に威張っていいような偉いドクターは、在勤していないように思う。

「カプチーノのミディアムサイズ、ショット追加で、お待たせいたしました！」

村上君は愛想よく、カプチーノをペーパーカップで出す。以前、サンドウィッチと一緒に店内でお召し上がりだと言うので、マグで飲み物を提供したところ、ゲジデントに「気がきかないな」と、言われたそうだ。自分は医師で、いつ何どき呼び出されるかわからないから、と言いたいのだろう。そのわりには、ウルメに負けずいつも長居していくけど。謙虚な動作を一つも見せないで、飲み物を受け取ったゲジデントは、カウチ席にどっかと座り、スマホをタップし始めた。このぐらいの規模の病院になれば、おそらく研修医を含め、数百人近い医師が出入りしていると思われる。もちろん医師や看護師もこの店を利用するが、テイクアウトが多い。職員専用の食堂と違って、担当の患者や、その家族に出くわす可能性があるので、ここで一服はまずできないのだろう。日曜は外来もなく、面会客も夕食前には引き上げるので、このようにカフェもひっそりしているけれど、やはり彼のようにくつろいでいく医師は、あまりいない。ゲジデントの、この態度の大きい感じもまた怪しい。近頃の医師はむしろ腰が低いぐらいだ。医者になりたくてなれなかった男が、ネットで買った白衣を着て、週末だけ総合病院に入っているカフェで医者を演じている……その方がありそうではないか。私の見解に、村上君も「ありえる」と同意した。

「ウルメのこともあるしね」と。

日曜の夕方にきまって現れるウルメのことも、最初は入院患者だと私たちは思っていた。ここにはそういう「科」もあるからだ。お客様の中には、彼よりもっとユニークなことを言ってくる人がいる。

「ギョーザの形の肉まん、ありますか?」

「おぬし、さては四階の住人じゃな」

「テーブルの下に、役所の人が隠れてるんですが」

……などと。チェーン店のカフェだから、バイト用のマニュアルには困った客の対処方法なども書かれているが、さすがにここまで奇天烈《きてれつ》なものにどう対応したらいいかは載っていない。ウルメもそんな治療中の患者さんの一人と思っていたのだが、平日には現れたことがないと村上君は言うし、雨の日にずぶぬれになってやってきたこともあって、どうも入院患者でも外来患者でもないらしい、ということがわかってきた。

そのウルメは、フロアの真ん中にある大テーブルの席に落ち着いて、マグでコーヒーをすすっている。そして、

「ここのコーヒーは……ね！　うん、カラダにいい。ビョーインだから。ここのコーヒーは、カラダにいい……」

皆に聞こえる音量で、彼はいつも同じ独りごとを言う。私たちはもう慣れているが、ゲジデントがそれにどう反応するか気になって、そちらを見る。完全に無視してスマホを見ている。二人が出くわすのは初めてではないのかもしれない。相性の悪そうな二匹の犬が散歩で接近するのを、ドキドキして見ているような気分だった

私はホッとして、紙おしぼりの補充を始めた。

「相田《あいだ》さんは、基本、土日だけですよね？」

聞かれてそちらを向くと、村上君が、バックヤードに貼ってあるシフト表を見ている。

「そうですけど、必要なら、入れられますよ」

入る日を代わってほしいのかなと、私よりひとまわりは下だと思われる二十代前半の彼に返すと、

「……平日も、何かお仕事なさってるんですか？」

半端にフレキシブルな感じに、彼は疑問を持ったようだ。小説を書いてます、なんてもちろん言わない。

「主婦、やってます」

夫も販売業で、土日は家にいないから、と付け加えると、村上君は納得したようだった。彼の表情が急に営業スマイルに変わり、客だと気づいた私も、レジに戻って笑顔で迎えた。

「いらっしゃいませ」

ようやく病院のカフェにふさわしい客が来た。五十を過ぎたばかりぐらいの夫婦だ。奥様はダークグレイの織り生地のコートを着て、使い込んだイタリアンブランドのバッグを持っている。逆の肩にはパンパンに荷物が詰まっている、米国老舗《しにせ》食

料品店のエコバッグ。白髪が少し混じってる髪はゆるやかに巻いてあり、コートの前衿に軽《かろ》やかにかかっている。あえて染めないのも素敵だな、と思ったがすぐに思いなおした。いや、彼女の髪質が細くてやわらかいから、白髪まじりでも、きれいに見えるのだ。いや、くっきりとした目と美しい鼻筋という美人だから、白髪もきれいに見えるのだ。

「日曜も、開いてるのね」

レジに寄りながら奥様は、明るい声で旦那様に言った。

「この辺り、何もないし、よかったわ」

おっしゃるとおりで、この辺りで何か飲もうと思ったら、廃業した米屋の横に自販機があるぐらいだ。なので、このようなことを言ってくれるお客様は多くて、砂漠にオアシスを見つけたかのような響きが言葉にこもっていると、こちらも嬉しくなる。彼女の横でメニューを見上げている旦那様は、たっぷりとした生成りのカーディガンをはおって、サンダルを履いている。入院しているのは聞かずとも、彼の方だろう。

「店内でお召し上がりですか?」

私の問いかけに、はい、と奥様は返して、色々あるわよ、と夫にレジ横のメニューを指す。旦那様も、けして地味ではない目鼻立ちだが、歳とともに鋭さがやわらいだ感じの好中年だ。

「ぼくは……ソイラテ」

「あなた、豆乳なんか飲めるの？」

「牛乳はだめだから」

奥様はメニューから目を上げないで、自分が頼むものを迷っている。

「私は……甘いのがいいわ。カフェモカを、Sで」

「ぼくは、Mね。君は何か食べたら？」

「そんなに飲めるの？」

どちらも温かいものでよろしいですか？　と私が確認すると、二人は同時にうなずく。

「それと……」

メニューを指して彼女は、新商品のホットサンドを頼んだ。あとから気づいたように、ケーキもあるのね、とショーケースの方をチラッと見る。

「食べれば？　モンブランがあるよ」

飲み物が甘いから、いいわ、と彼女はバッグの中に手を入れる。べつにいいじゃない、と旦那様。私まで病気になっちゃう、と奥様は返して、財布を開いた。旦那様はそれを遮って、ルームパンツのポケットから小銭と紙幣をつかんで出した。カフェモカのスモールサイズ、ソイラテのミディアムサイズ、ダブルチーズのホットサンドで、ご注文はよろしいですか？　とくり返すと、

「この『和栗のモンブラン』も、ひとつ」

旦那様が付け加えた。私は村上君にドリンクのオーダーを通して、会計を済ますと、右のカウンターからお出ししますので、と夫婦に告げた。まずはバックヤードへと急ぎ、ホットサンドをオーブンに入れる。カウンターに戻り、ケーキ用の皿に紙ナプキンとフォークをおいて、トングで渋皮色のモンブランをショーケースから出してのせる。ドリンクもできあがって、トレーの上にケーキと一緒に並んだ。夫婦は奥の席を選び、そこに荷物と脱いだコートを置くと、奥様はカウンターに戻ってきた。ホットサンドの方はできましたらお席にお持ちします、と私が言うと、彼女はうなずいて先にトレーを席へと運んだ。私はバックヤードに戻って、ホットサンドを見に行く。チーズが溶けて、いい感じだ。半分がのぞくようにワックスバッグに入れて、熱々のそれを皿にのせる。カウンターから出て、足早にフロアを横切って運んで行く私に、

しまった。

「おねえさん！」

ウルメがいきなり声をかけた。大きな声に、思わずビクッとひるみ、足を止めてしまった。

「ここの、このコーヒーは、カラダに、いいんだよな！」

ソイラテとカフェモカを先に飲み始めていた夫婦も、驚いたように顔をあげてこちらを見ている。ついでに確認したら、ゲジデントはスマホをフリックしている指すら止めてない。ウルメのまっすぐな視線を、私は薄ら笑いで受けとめて、そそくさと夫婦のいるテーブルへと向かった。

「お待たせ、いたしました」

ホットサンドをテーブルに置いたときには、もう夫婦の顔からは驚きの表情は消えていた。「病院のカフェ」だから、そういう人もいるだろうと、速やかに理解してくれたのだろう。でも彼は、患者ではないんです、となんとなく言いたい私はカウンターの中に戻った。そのウルメは、自分で答えを出したかのように、うなずいてまたコーヒーをすすっている。惜しむように、ちびちびと……。

「相田さん、ポテトサラダって届いてましたよね？」

ゲジデントと同じく、今の出来事に動じてない村上君が、カウンター下の冷蔵庫をのぞきながら、私に訊いた。明日のモーニングの準備を、すでに始めているのだ。私は慌てて、補充しておきます、とバックヤードに入って業務用冷蔵庫から、真空パックに入ったポテトサラダを取り出す。元祖シアトル系チェーンカフェ店でのバイト経歴がある村上君は、初日から慣れた動きでエスプレッソマシンを操り、ちょっとやそっとのトラブルでは動揺しない。私のようにいちいちビビらない。そしてプロだから、点滴やカテーテルの管を引きずっている、土色の顔をした客にだって、注文されれば、濃厚なクリームと甘いシロップが山盛りのフラッペLサイズを、笑顔で差し出せる。比べて、まだまだ素人店員の私は……と、奥の席の夫婦を盗み見る。ほら、やっぱり。夫が、妻よりも先にモンブランをつついている。いいのかな、そんなもの食べて？　と、つい気になってしまう。もちろん内臓疾患のある患者ばかりではないと思うが、骨折と白内障の患者ばかりとも思えない。

保存容器をポテトサラダで満たして、カウンター下の冷蔵庫に納めると、私はレジ横に戻って、商品棚に残っているベーグルやマフィンの整理を始めた。もちろん病院側だって、カフェで何を売るか知っていて店舗を誘致しているわけだから、「患者と思われる人に、糖分の多い飲み物や、くどい食べ物を提供しないように」などと、お達しがあるわけでもなく、他の店舗と全く同じものを、提供している。

しつこいようだけど、病院の中にあっても、ここは病院の管理下にはない。薄いベージュのリノリウムの床から、突然、焦げ茶色のフローリング風の床に変わっている、その境界線からこっちは、カフェの領域である。ゆえに、人工呼吸器を付けていようと、担架で運ばれていようと、一歩こちらに入れば、彼らは「患者」ではなく、私たちにとっては「客」だ。だから、彼らが望むなら、血を吐いている人に、エスプレッソのトリプルショットを提供することだって、間違ってはいない。それは極論だけれど、美味しいものを良いサービスで提供することが、カフェの目的なのだから、自分の役目以外のことは考えず、清々《すがすが》しい笑顔で商品を差し出す村上君は、正しい。むしろ私もそうなりたい。が、バイトを始めて半年以上経った今も、この人、なんの病気だろう？　とつい余計なことを考えてしまって、かといって提供を拒むこともできず、不安げな表情と手つきで飲み物と釣り銭を差し出す、客にとっても怪しい店員。中途半端で、カフェと医療、どちらの役目もはたしてない。

「カラダに、いい。ここのコーヒーは……カラダに、いいんだよ……」

まるで私をせめるように、ウルメがくり返す。言葉の内容まで気にしているのはおそらく私だけで、奥の席の夫婦も慣れてしまったようで、聞き流している。ホットサンドを両手で持って食べている奥様を、旦那様はぼんやりと見つめている。仲の良さそうな夫婦だ。子供はいるのかな。いたら、いくつくらいかな。でも、なんとなく晩婚な感じがする。

「相田さん」

また村上君に呼ばれて我にかえり、はい、と店員失格の店員はふりかえる。今度も忘れていることを指示されるのかと思ったが、村上君も仕事が一段落したようで、腕を後ろで組んでストレッチをしながら言った。

「今度の小説に、ぼくは出てきますか？」

ニヤッと笑う彼に、私は完全にうろたえて、目が泳いだ。

「……誰に聞いた？　店長？」

「あ、やっぱりホントなんだ。本名では書いてないですよね？　ペンネームは、なんですか？」

私は、眉間にしわを寄せて首を横にふる。

「ここで売ってますか？」

彼は下を指す。病院の地下に小さな書店が入っているのだ。私は、大きく首を横にふる。

「本のタイトル、教えてくださいよ」

質問をこばむように首を横にふりつづけるが、

「じゃ、ジャンルだけ」

と言われ、私は視界にあるシルバーのエスプレッソマシンを見て返す。

「……んーと、ＳＦ」

ほんとに？　彼は疑っている顔だ。この会話が客に聞こえていないか、私が気にするようにフロアを見ると、彼もそちらをチラッと見て、声を小さくした。

「……ここのバイトは、もしかして潜入取材？」

そう来るか、と思わず笑って返した。

「売れない作家だから、バイトしてるだけ」

潜入取材より、そっちの方が「ありそう」と彼も思ったようだ。

「じゃ、主婦っていうのは、嘘？」

「あ、それは、ホント」

何がホントかわからなくなってきた村上君は、ふーん、と言いながら首のストレッチをしている。

ちなみに夫も、ここに採用されたことを告げたら、なんでバイトなんかするの？と首を傾《かし》げた。

「小説の取材なら、頼んで中を見せてもらえばいいじゃない？」

どいつもこいつも男という生き物は、全ては仕事でまわっていると思っている。とはいえ、作家としての稼ぎもいくらかあって、そこまで不自由してないのに、週末だけ病院のカフェでバイトをする理由は、はたから見たら不明だろう。

「今日も、肝臓が悪そうな黄色い顔色をした人に、キャラメルホイップラテのLと、ベーグルにクリームチーズ付けて売ってしまった」

などと、夫に話せば、

「そんな変な罪悪感まで感じて、なんでバイトすんの？」

と、さらに深く首を傾げるのも、わからなくはない。なぜ、それも、あえてここで私は働くのか？

「本のタイトル、教えてくださいよ。こう見えて、けっこう本読みなんで」

村上君は、エスプレッソマシンのまわりをクロスで拭きながら、しつこく訊いてくる。

「新刊が出たらね」

予定はないけど、と心でつぶやく。べつに男性名で官能小説を書いてるとかではないのだけど。ここに仕事はあまり持ち込みたくない。ごまかすように、私は時計を見あげた。閉店の七時までまだあるが、レジを開けて札勘だけを済ませておく。素人店員ながら上手くなってきた、この札さばきを夫に見せてやりたい。でも、これだけの数の紙幣が家にはないので、残念。クリップの下から千円札を取り出して、現金を扱うときの条件反射で一瞬まわりを見まわすと、ウルメがこちらを見ていた。マグカップを握っているが、いいかげん空になっているはずだ。あきらかに、私の手元を見ている。私は速やかに勘定して、まとめた紙幣を引き出しに戻して、レジを閉めた。ウルメは、まだこちらを見ている。真っ直ぐすぎて、悪意も好意も感じられないその視線から逃げるように、私はレジのまわりを見回して、他に何かやることがないか探した。カウンターの下の予備の紙ナプキンがほとんどないことに気づき、バックヤードにそれを取りに行く。日曜のスタッフは暇なんだから、こういうところをちゃんとやっておいてほしい、と月曜のスタッフに言われないように。バックヤードに入ると業務用の深いシンクで洗いものをしていた村上君が、待ち構えていたかのようにふりむいた。

「相田さん、平日も入ったらいいのに。小説になりそうなこと、いろいろと起きますよ」

小説になりそうなこと？　私は片方の眉をあげる。

「平日は、外来の患者さんとか、もっといろんな人が来るじゃないですか」

今、フロアにいる四人の客は充分に「いろんな」だと思うが？

「そんなに面白い話があるんだ」

興味なさげな声になってしまうが、私は備品棚から百枚ずつ束になっているケナフ入りの紙ナプキンを取り出す。

「面白いっていうか、『いい話』がありますよ」

村上君は、聞かせてほしいとも言ってないのに、クロスを置いて語りだした。

「バイトの富山《とみやま》さん、ってわかります？　そう、背の高い、髪が短い。彼女から聞いた、いい話なんです。ある時、カプチーノを注文した年配の男性客に、いきなり『あなたに、お礼を言いたくて』って、言われたんだそうです」

私はフロアを気にしつつ、バックヤードの出入口に立って、耳をかたむけた。

週に四日、早番でシフトを入れている、背の高いフリーターの富山さんは、六十代後半ぐらいの白髪の男性に、「お礼を言いたくて」と、突然言われた。彼女は心あたりがなくて、「なんのことでしょうか？」と訊き返した。

「ここにカフェがあって、本当に助かりました」

頭を下げて言うその男は、照れているような笑みをたたえ、でも順序立った語り口で話しだした。

彼は数ヶ月前に、体調が悪い兄の付き添いで、この病院に来た。その兄というのが大の病院嫌いで、どうにか近所のクリニックで診察を受けたまでは良かったが、大きな病院に検査に来たとたん、ロビーに座ったきり石のように動かなくなってしまった。血液検査もCTも嫌だと言う。患者の列を目の当たりにして、自分も良からぬものが見つかるに違いないと急に恐くなったのだろう。予約の時間も過ぎてしまって、困りはてた弟は、とりあえず、

「コーヒーでも飲もうや」

と言って、どうにかロビーからここのカフェまで兄を引っぱって来た。総合病院などしばらく来たことがなかった兄は、受付の横にカフェがあることにも驚いていたそうだ。彼は、兄と自分に『カプチーノ』を二つ注文した。そのようなものも飲んだことがなかった兄は、「うまいね、これ」と笑顔になり、緊張が少しほぐれたようだった。二人は、それを飲みながら雑談などして、その日は帰ったそうだ。兄が言い出したらテコでも動かない性格なのはわかっているから、心配ながらもほうっておいたら、数日後、『カプチーノ』が飲みたいから、病院を予約しなおしてほ

しい、と兄の方から言ってきた。そして今度は素直に検査も診察も受けたという。

「ぼくもイライラしてたから、カフェがなかったら、兄をそこに置いて帰っていたと思います。お互いにここでリラックスして、頭を冷やせてよかった」

白髪の男は、後ろに客の列ができているのも気にせず、富山さんに語ったという。

険悪なムードの兄と弟に、カプチーノを二つ、笑顔で差し出してくれたのが富山さんだったそうだ。


「いい話、でしょ?」

「ああ、うん」

「小説になりそう、ですよね?」

ネタを探すために私がここでバイトしてると、まだ疑っている彼に、私は言った。

「話は、それでおわり?」

「ええ、おわりですけど」

ふーん、と私が紙ナプキンの束をそろえていると、村上君は私の様子が気になったようで、

「なにか?」

「いや……お礼を言いに来たのは、白髪の男だけでしょ？　なんで、その兄は一緒に来ないんだろう」

　村上君は、瞬きをして、

「そうですね。……たまたま、その日は一緒じゃなかったんじゃないですか」

　私は無言でうなずき、私の反応にものたりなさそうな顔をしている村上君を残して、レジに戻った。いい話だとは思うけれど、何事も素直に受け取れないのが物書きだ。純粋に礼を言いたかったのかもしれないが、忙しい店員をつかまえて長々と語るところにも違和感をおぼえる。近頃は「いい話」がネット上でも流行っているらしい。例えば、過激過ぎて好感度が最悪の芸人が、実は不治の病の女の子を笑わせるためにボランティアで病院に通っている、とか。ネット上のそれはお粗末な作り話が多く、その芸人本人も、つまらん、と激怒したというが、なぜそのように「いい話」がウケるのか。昔『こころのチキンスープ』という、心温まる話ばかり集めた短編集がアメリカで大人気になって世界的にもベストセラーになったとき、その手の本は未だなかったので「アメリカ人って疲れてるんだなぁ」と思ったものだ。同様に日本人も弱ってきているのかもしれない。「いい話」ってのは、胃にやさしい。私もその一人だから、気持ちはわからなくもないけれど。

それにしても、作家だと知ると人は「小説になりそうな話」を頼んでもいないのに提供してくれる。うちの親も、「隣の家のチャコちゃんが、物置に一週間閉じ込められちゃって、ガリガリになって見つかった」とかいう、「小説になりそうな話」を提供してくれるが、せめて、チャコちゃんが猫じゃなくて人間だったというオチぐらい欲しい。そして、くり返して言うけれども、私は、いい話や、恐怖ネタを探しにバイトに出ているわけではない。釣り師が川の横に佇んでいるからといって、釣りに来ているとは限らないのだ。釣り師だって川のほとりで魚を見送り、自分の人生について考えたいときもある。カウンターの下に紙ナプキンを納めて、立ち上がると、珍しいことではないが立ちくらみがして、一瞬あたりが暗くなった。カウンターにもたれていると、視界はすぐに晴れたが、ウルメが、セルフサービスのお冷やをピッチャーからグラスに注いでいるのがいきなり目に入った。開発中のロボットだったら及第点だが、人間にしてはあぶなっかしい動きで、なみなみと注いだそれを、床にこぼしながらテーブルに持っていく。彼は席に戻ると、そのお冷やをジョボジョボと、マグカップに移した。少しだけ残っているコーヒーに水を足して、量を増やしたと思われる……。幸い、奥の席の夫婦も、ゲジデントも、彼の行為には気づいていない。本人はしごく真面目で、それが課せられた仕事かのように、薄められた飲み物を口に持っていく。ウルメの横顔を見て、私はいつも考えることを思った。

言ったように、おそらく彼は入院患者でも、外来患者でもない。でも、ここの「患者だった」可能性は高い。以前、この病院の精神科に、彼は通っていたに違いない……いや、そう決めつけてはいけない。内科に来ていたのかもしれないし、私と同じように、外科的なことで来たことがあるのかもしれない。どちらにしろ過去に、ここの患者であったと私は見ている。そう、私もここの患者だったことがある。四角い箱のような棟が、愛想のない配置で並んでいるだけの建物だった頃の話だ。

中学二年の時、体育の時間に校庭で短距離走の練習をしていたら、おもいっきりコケて、救急車でこの病院に運ばれた。全力で走っている途中、突然足が動かなくなり、顔から転んだのだ。思い出しても痛いが、ロッキングというやつで、膝の関節が固まって動かなくなり、立ち上がることすらできなくなってしまった。何が起きたのか、自分でもわけがわからなかった。それまでも時々膝が痛くなったり、歩き方が変だと言われたりしていたが、成長期だからだろうと親に言われて、そんなものかと自分でも気にしてなかった。だが、そうではなかった。医師に告げられ、先天的に膝の骨の形がおかしいということが明らかになった。たまたま運ばれたこの病院の整形外科は評判も良く、将来のことを考えて治療することにした。小さな傷しか残らないという新しい方法で、片膝ずつ、春休みと冬休みに入院をして、手術をした。

　なのでこの病院にはかなりお世話になったわけだが、当時は、曲線を描いたガラス張りのエントランスも、吹き抜けの明るいロビーも、エスプレッソ系のカフェも、コンビニも本屋もＡＴＭもなくて、どこまでも薄暗い建物の中にあったのは、直線的なベンチしかない待合室と、小さいのに何でも売ってる売店と、やってるのかやってないのかわからない食堂と床屋、あとは公衆電話があるだけだった。

　見舞いに来た母に支えられて、リハビリがてら病棟から食堂まで歩き、プラスチックの造花で埋めてあるサンプルケースの中から、『抹茶アイス』を選んで、食べた。サンプルが出てきたかと思うぐらい固いアイスだったが、ただ甘いだけのその味は昨日食べたかのように覚えている。

「カラダに、いい。ここの、このコーヒーは……」

　ウルメが水だかコーヒーだかわからないものをすすって、またつぶやいた。他の客は、今度も彼を無視した。でも私は、やはり無視できない。村上君が、店員として筋を通しているのと同じように、ウルメの発言も、また筋が通っていると思うからだ。

記憶にあるように、昔の病院の食堂は、こんなに堂々と一階のロビー横にかまえるなんてことはなく、もっと遠慮がちだった。最低限あるというだけで、病室で話せないことがあるような場合に、しかたなく入るような、そんな場所だった。今は病院までもが、ショッピングモール化していると言える。『病院食がおいしい病院ランキング』なんていうのもあるぐらいだし、ニーズに応えなきゃ、病院も経営が厳しいのだろう。ロビーにワインバーができる日も、遠くはないと思う。さっきの「いい話」を素直に聞けば、カフェも病院の中で、それなりにいい役割を果たしていなくもない。それでも私は、診察を待つ間、シナモンロールをパクついている人より、ぶつぶつ言っているウルメが正しいと思う。ここで売っているコーヒーが、「体に良いコーヒー」でなければ、おかしいと思っている彼の方が。

だってここは、体が良くなるところなのだから！

それこそが、私とウルメがここに来る「理由」でもある。ちなみに、彼がいつも飲んでいる「本日のコーヒーのS」は、七キロカロリーと全メニューの中で一番カロリーが低くて、他のものより実際体にいいかもしれない……。

あ、そうだ。明日の「本日のコーヒー」の準備をしておかなきゃ、と思い出して、豆の種類を確認しにバックヤードへ行くと、村上君がまた話しかけてきた。

「相田さん、さっきのいい話ですが――」

「ああ、さっきは水さしてごめんなさい。いい話だと思います。なんでも疑ってかかる性格だから、話があさっての方向にそれて、本筋が迷走して、だから私の小説売れないの」

「いや、そんな、そこまで」

それより、と私は遮って村上君に訊いた。

「村上君は、大病したことある？」

急に問われて彼は、戸惑っていたが答えた。

「あまりないですね。幼稚園のとき自家中毒がひどかったとか、親が言ってましたけど。あと、骨折ぐらいかな。病気じゃないか」

へー、健康優良児なんだ、と返すと、彼は付け加えた。

「風邪ぐらいひきますよ。でも、こういう大きな病院は、めったに来ないですね」

私も膝の手術を最後に、ここに患者で来たことはない。おかげさまで治療していただいた膝もその後は問題なく動くようになり、スポーツ一般は、無理しない程度ならできる身体に戻った。アスリートにはなれなかったが、なりたいと思ったこともないし。

「あとは、花粉症がひどいと、町の耳鼻科に行くぐらいかな」

私も、町の産婦人科には行くけれど。そこも春を最後に行ってない。はっきりとした不妊の理由はわからず、基本的な改善方法は教えてもらったが、効果が出ないので、担当医に「さらなる治療を望まれるなら、専門のクリニックを紹介しますが」と、歳も歳だから言われた。それから……どちらにも行けないでいる。

「……片思い」

耳に届いた言葉に、私と村上君は同時に、奥の席にいる夫婦を見やった。美人の奥様の声に、違いなかった。投げやりに吐いた語尾だけが、はっきり聞こえたのだ。私と村上君は、顔を見合わせた。「片思い」？　さすがの私も、そのワンワードから、二人がどんな会話をしているのか想像するのは困難だった。ジャンル的にも恋愛ものは苦手だ。もしかすると、彼らは夫婦ではない？　それとも、何かの比喩か？　ウルメは、動くものを見つけた猫のように、奥様を遠慮なく凝視している。あなたのおかしな挙動を見逃してくれたんだから、聞かなかったふりしなさいよ。

一方、旦那様は、ソイラテが入ったマグカップに視線を落としている。そして、向かいの妻の方に、それを十センチほどスッと押しやった。その口は「飲んで」と言ってる感じだったが、こちらまで聞こえるボリュームではなかった。奥様は微かに首を横にふった。ホットサンドの皿は空になっているが、モンブランは、ほとんど残っている。

「いらっしゃいませ」

村上君の声で、私は客に気づき、慌ててレジに戻った。えんじ色のスクラブとパンツに、スニーカー、胸にIDプレートを付けた若い男性看護師で、テイクアウトでカフェラテのMを頼んだ。そして、棚に残っているサンドウィッチを取って、これもください、とカウンターに置く。

「アウト、ラテ、ミディアムでお願いします」

私がオーダーを通すと、村上君はくり返しながら、ほとんど掃除を終えていたエスプレッソマシンのノズルを空噴きさせて、冷たいミルクをステンレスのミルクジャグに注いだ。私は、看護師からちょうどの金額を小銭で受け取り、レシートを返し、右手のカウンターでお待ち下さいと告げて、テイクアウト用の手提げ袋を広げる。村上君はノズルの先を斜めにミルクジャグに入れ、バルブを開ける。圧力のかかった蒸気がミルクの中に噴き出して、ヒステリックな高音がカフェに響き渡ると、他の音は全てかき消された。ミルクの温度が上がるにつれて、この音は低くなる。

慣れてくれれば音でミルクが適温の六十～六十五度になったことを判断できる。ゴ、ゴ、ゴ、とスチームの音が急に低くなった絶妙なタイミングで、村上君はバルブを閉めた。皆の耳を占めていたスチームの音が消えた瞬間、

「――れないわ！」

旦那様に聞こえるよう、はりあげていたと思われる奥様の大きな声がフロアに響いた。気まずいような静寂。誰もが、夫婦の方をあえて、見なかった。ウルメだけは、目を光らせて見ていたかもしれない。コンコン……と、村上君がミルクのフォームを整えるためにジャグの底を作業台の上に打ちつける音だけが、遠慮がちに聞こえた。そのとき、私の頭の中で、奥様のセリフがつながった。今の「――れないわ！」は、「むくわれないわ」と、言ったのではないか。「片思い――むくわれないわ」と言ったんだ、きっと。

村上君は、艶やかなフォームをスプーンでおさえて、下のミルクを静かにエスプレッソに注いでから、最後にカップのふちぎりぎりまでフォームで満たすと、手早くふたをした。そして私が準備しておいたサンドウィッチとホルダーが入ってる紙袋に、カフェラテを入れて、看護師に渡す。

「お待たせいたしました」

「私は、なんなの？」

スチームの音が消えても、奥様の声はさほど小さくならなかった。さすがに若い看護師も、夫婦の方をチラッと見やった。

「お気をつけて、お持ちください。ありがとうございました」

村上君は相手が何を見ていようと平然と言って、私も、ありがとうございました！　と追い出すように笑顔で言う。看護師の背中を見送ってから、おそるおそる視線を客席に戻すと……ウルメが、なぜかこちらを、私を見ている。何かもの言いたそうに。なに？　私に夫婦げんかの仲裁をしろって言うの？

「はいはい！」

今度は、予想もしなかった方向から男の大きな声がして、私とウルメはびっくりしてそちらを見た。うらやましいぐらい何も気にしてないゲジデントが、スマホを耳にやっている。

「あーそ。うん、なんか、そーじゃないかと思ってたんだ。いやいや、いいですよ。んーと、どうしようかな」

テーブルに貼ってある携帯使用禁止のシールを気にしてほしいが、遠慮なく相手と話している。

「じゃあ、金曜にしようかな」

「あなたは――」

奥様が再び口を開いた。

「ちょうど、そっちに行くんですよ」

「――病気って」

「いや、別件で」

「ぼう――」

「そうそう。なんで知ってんの？」

「――ざしてる」

「まいったな、ハッハッハ！」

ゲジデントがうるさくて、奥様の声がよく聞き取れない！　彼女はまっすぐ旦那様を睨みつけて、何か訴えている。旦那様はうつむいたまま、自分の手の甲を見つめている。

「じゃ金曜の七時に。それじゃ、遅いかな？」

遅くないから、ゲジデント、早く携帯を切ってくれ。

「どうして、こっちを見てくれないの？」

今度は消されずに奥様の声が聞こえた。そして、奥様もゲジデントも黙って、一瞬しんとフロアは静かになった。

「大丈夫? じゃ、よろしくー」

ようやくゲジデントが携帯を切った。もはや遠慮なく、ウルメと一緒に夫婦を凝視していた私は、奥様の手の動きに気づいた。ゆっくりとその手は、夫婦の真ん中に置かれたソイラテのマグカップにのびていく。奥様は、大きくため息をついて、それを引き寄せた。旦那様が目を上げた。彼女が少しクールダウンして、ソイラテを飲んでくれると思ったのだろう。私もウルメも、同じように期待したと思う。けれど、奥様はそれを口には持っていかず、残っていたソイラテを打ち水をするように見事に旦那様にぶちまけた。液体が、まるでアニメのようにまとまって、マグから飛び出るのを、私は生まれて初めて見た。次の瞬間、それはテーブルの上と床に茶色の水たまりを作り、もちろん旦那様が一番大量に浴びていた。奥様は、すっと立ち上がり、コートの袖に腕を通して、バッグとエコバッグを肩にかけると、動くことも忘れている旦那様を置いて、そこを離れた。私とウルメは、彼女を目で追わないわけにはいかなかった。すると、出口に向かっていた奥様は、フロアの中ほどで、足を止めた。ウルメの横に来たところで、立ち止まったのだ。サバンナの野生動物のように緊張して固まっているウルメに、彼女は言った。

「それ、普通のコーヒーです」

大きなウルメの目が、さらに大きくなった。

「病院のカフェなんて……入りたくもない」

呟くように言い捨て、彼女は店を出て行った。その後ろ姿を、チラッとだけ、ゲジデントが見た。私は助けを求めるように、村上君の方を見た。彼もフロアの出来事を見ていたと思う。が、彼はクロスを手に時計を見上げ、

「じゃ、そろそろ」

恐ろしいほど普段どおりに私に告げた。

「閉店コールしてきまーす」

この後、デートの約束でもあるのだろうかと思わせるぐらいにカウンターから軽快に出ると、手前にいる客から順に、彼は告げていった。まずゲジデントに、

「すみません、七時で閉店になりますので」

そして、マグカップを見つめているウルメに、

「七時で閉店になりますので」

最後に、ようやく立ち上がって、自分の状況を把握しようとしている旦那様に、

村上君は告げた。ソイラテをしたたらせている旦那様はようやく我にかえったという顔で、返した。

「すみません、こぼしちゃって」

「あ、大丈夫ですよ。今、拭くもの持ってきますね」

村上君は今、それを知ったかのように、テーブルの上のソイラテをクロスでサッと拭き、食器を手早くまとめた。またもや傍観者になっていた私は、ハッと気づいて、慌てて新品のクロスを取ると、旦那様のところに小走りに行った。

「これ、お使いください」

「どうも、大丈夫です」

生成りのカーディガンに染み込んだソイラテの染みを、旦那様は気持ち程度、叩いただけで、クロスを私に返した。

「すみませんでした」

彼は小さく言うと、足早に店を出て行った。一秒も長くそこにいたくなかったのだろう。このような時は、大騒ぎしないで何事もなかったかのような顔をしている方が良いのだと、村上君の対応に感心した。椅子も濡れていたので私はそれを拭いた。おそらく脚も濡れていたに違いないと、出口に向かってサンダルの跡が残っているフロアを見て思った。

「相田さん、どうせ床掃除するから、適当でいいですよ」

村上君は言って、バックヤードに戻った。ふりかえると客は誰もいなくなっていた。ウルメもゲジデントも、幻のように消えていた。テーブルに置かれたままのウルメのマグカップを、私は取り上げた。とても薄い、まずそうなコーヒーが中に残っていた。……「普通のコーヒー」か。

病院の裏にあるゴミ収集場に、「本日のゴミ」を捨てて戻ってくると、村上君は、バックヤードのさらに奥にある倉庫に、モップと絞り機付きのバケツを片付けているところだった。

「お疲れさまでした」

私たちは挨拶をして、タイムカードを入れると、順番に倉庫に入って着替えた。私服に戻った村上君は、やたらジッパーが付いてるタイトな黒のジャケットを着ていて、アイドルみたいだ。病院と店の境界に、パーテーションポールを置いて、一般出入口は既に閉まっているので、病院のスタッフが使う通用口を通って、外に出た。

「びっくりしたね」

私はバレッタでとめていたあとが残っている髪を手櫛でのばしながら言った。彼は笑った。

「けっこうありますよ。ぼくカフェのバイト長いから、あんまり驚かない」

「いろいろ修羅場を見てきてるんだ？」

「あんなの修羅場のうちに入りませんよ」

村上君は、ハーフヘルメットをかぶると原付にまたがって、じゃ、また来週、と去って行った。カフェって恐ろしいところだなと思いながら、私も同じ駅の方向へと歩き出した。

病院を囲む植え込みは、いつしか公園の常緑樹に変わって、それが途切れると、今度はマンションばかりが並ぶ住宅街になり、まだ先は長い道のりをポケットに手を突っ込んで歩きながら、今年はおしゃれな手袋ではなく、暖かい手袋を買おうと思った。手足の冷えが去年より酷くなっている。百円硬貨を並べる、ウルメの指先を思い出した。彼は真冬になっても手袋をしないような気がする。なんだか可哀想になった。奥様にあんなことを言われて、傷ついただろう。私も、同様にちょっと傷ついた。

　車が往来する通りにぶつかり、歩行者用の赤信号を見つめて、私は佇んだ。しつこく言うけれど、小説のネタを探すために、あのカフェでバイトをしているわけではない。そして、黄緑のヤッケを着たウルメも、おそらく私と同じ理由で、カフェを訪れている。病院の中のカフェに矛盾を感じながらも、私とウルメがそこに通うわけがある。

　私たちにとって、あのカフェはサンクチュアリなのだ。

　受診するほど病気じゃない。入院するほど病んでない。けれど、どこか不安な私たちは、あのカフェで、病院の傍らにいることで、癒されている。過去にあそこで「何かが良くなった」経験があるからだ。そこにいるだけで、救われるような気持ちになる。奥様が言うように、確かに病院のカフェなんか、ろくでもない。それはカフェでもないし、病院でもない。でもそこは、来る者すべてを、拒まない。

　信号が青に変わって、私はまた歩き出した。駅の明かりが見えてきたところで、携帯が震えた。夫からだ。

「もしもし」

「バイト、終わった?」

「こっちは、仕込み終わったから、後はまかせて、おれは帰れるけど。駅で拾うから、どっかでご飯食べない？」

「うん、もう駅」

ぼんやりと考えていて、彼の言葉を聞きのがした。

「もしもし？　亮子《りょうこ》？」

……不妊って、「どこか悪い」ってことに、やっぱりなるのかな？

心の中で私はたずねる。でも口にはしない。

「聞こえてる？」

「……ああ、ごめん」

歩く速度を戻して返した。

「今日は、いろいろあったから。あとで話す」

「どっかで、ご飯食べない？」

了解して携帯を切る。何を食べようかな。駅前の商店街を歩きながら考えていた私は、足を止めた。

……ウルメは？

傷ついたウルメは、誰かに今日の出来事を話せるだろうか。いや、彼を慰めてくれる人は、たぶんいない。だから毎週カフェに来て、独《ひと》り言《ご》ちて、私たちに語りかけているのだ。私は、雑踏を見やった。彼は今、どこを歩いているのだろう。たった一人で、どこを歩いているのだろう……。

次の週末も、私はカフェのバイトに入った。ウルメは、夜になっても現れなかった。その次の週も。

2

失敗した。病院のまわりに店が何もないことを、朝子《あさこ》は来てから思い出した。駅ビルのカフェに入ればよかった、と後悔しながら、美術館のような病院のエントランスを入ったが、夫がいる病棟に直行するには、心の準備が完全ではなかった。どこかで腰をおろして落ち着いて、バッグに入っている一枚の書類を、孝昭《たかあき》に何と言って渡すか、もう一度整理しておきたい。うってつけのカフェが、ロビーの横にあるのだが、日曜の夜に自分がしでかしたことを思うと、さすがに入るのは躊躇《ためら》われた。朝子は離れたところからそのチェーン店のカフェを見やった。あの時、店にいたのは確か、若い男の子と、三十代ぐらいの女性の店員だった。驚いて自分を見ている彼女の顔は、はっきりと記憶されている。今日は、二人の姿はなかった。ポロシャツがはちきれそうな男性の店員と、若い女の子の店員が二人、忙しく客に応対している。よかった、と朝子は息をついた。彼らも日曜のことは話に聞いているかもしれないが、ソイラテをぶちまけた客が、朝子だということまでは、わかるまい。一応、客席も確認したが、目の大きな独り言を発する男も、のけぞってカウチに座ってる医師もいなかった。

「いらっしゃいませ」

病院とカフェとの境界線を踏んで入る朝子を、三人の店員が迎えた。朝子は店員の顔を極力見ないようにしてメニューを指し、カフェラテを注文したが、温かいものでよろしいですか？　と聞かれたとたん、自分のやったことがよみがえり、顔が熱くなるのを感じた。よけいに伏し目がちになり、

「カフェラテのスモールサイズでお待ちの方、お待たせいた――」

男性の店員が終わりまで言う前に、朝子はマグカップを受け取って、カウンターを足早に離れた。フロアを見やると、朝子がソイラテをぶちまけたテーブル席には、中年の女性が一人で座っていた。パンフレットのようなものを読んでいる彼女の足元は、もちろんきれいに掃除されて、床は乾いている。朝子はそこから離れた席を選んで、マグカップを置いた。

口をつけずに冷めていくカフェラテの横にあるのは、なにも入っていないかのよ

うに薄い、白い封筒。緑色の枠取りがしてある書類をそこから出して見るのは、さすがに人目があるのではばかられたが、朝子は満足げにそれを見つめていた。区役所の戸籍課でその紙をもらってきて、速やかに記入した自分を、少し誇らしく思っていた。けれど、それを孝昭に渡すという次の段階は、それとは比べものにならない、厳しい行為だ。想像するだけで胸が圧迫されるように苦しくなって、ここからは勢いだけではやれないことだとわかっていた。相手がどう出るかもわからないし、まして難病で病んでいる人にそれを渡すなんて、人として許されるのか、わからない。けれどこれを渡さなければ、私が死んでしまう、と朝子は思った。彼よりも先に私が。生きたまま、死んでしまう。私は健康だけれど、もうボロボロだ。

オーブンレンジの掃除からだった。はたして自分の「介護人生」が始まったのはいつだったろう、と朝子が記憶を遡ったとき、よみがえってきたのは、飛び散った油や焦げ付いたもので茶色くベットリとした、レンジの庫内と回転皿だった。のぞき窓も汚れでくもり、調理しているものもぼんやりとしか見えない。それまでも、実家を訪れるたびに家の中が薄汚れてきていることは感じていたが、この家も古くなってきたのだろう、ぐらいに思っていた。しかし、朝子自身が四十半ばを過ぎた頃、夫が起業したばかりで不在が多く、食材を余らせてしまうので、総菜を作って実家に持ってくることを思いついたのだが、それを温めようと扉を開けて、その無視できない汚れにさすがに驚いた。親が老いたことを、実感した瞬間だった。

東京の杉並にある実家は、朝子が高校一年のときに建て直したもので、オーブンレンジは、システムキッチンに最初から内蔵されていた。古い家と一緒に、使い慣れた旧式のオーブンを捨てた専業主婦の母は、「火のまわりにむらがある」と新しいオーブンレンジに文句を言いながらも、次第にコツをつかんで、変わらずローストビーフやパウンドケーキなど、得意のレシピをそれで焼いていた。朝子も友だちの誕生日や、バレンタインのプレゼントにクッキーを焼いたりして、それを使うことがあったが、放置されている油汚れなどは見たことがなく、「使い終わったら、熱いうちに濡れ布巾で拭いておくときれいになるから」と、毎度口うるさく言われたものだ。大学を卒業してからも、実家に帰れば、残り野菜にチーズをのせて焼いただけ、と言いながらも、母はそれを使った料理で迎えてくれて、即席グラタンの表面がいい色に焦げているのが、のぞき窓からクリアに見えていた。

しかし気づけば親の老いとともに、汚れは恐ろしいほど厚くなっていった。最後に掃除をしたのはいつかと想像すると、総菜を温める気もしなくなり、朝子はスポンジと洗剤を取って、黙々と汚れを落とし始めた。「汚い」と指摘したら、母の機嫌をそこねるだろうし、自分でやるからいいと朝子をキッチンから追い出して、でも結局やらないだろうと、勝手に掃除を始めてしまったが……音を聞きつけキッチンにやってきた母は、

「あら、汚かった？　すみません」

と言っただけだった。自分でやる、と母が言わなかったことに朝子はさらに驚いたが、同様にベタついているコンロのつまみやグリルの汚れも自分が落とすことになった。確かに意識しないままに、あの掃除から、介護は始まっていた。

意識を持って、介護の仕事の道に入った人間なら、自分がその志を持った日を覚えていることだろう。しかし家族は、志など持つこともなく、気づいたらその道に引き込まれているものだ。オーブンレンジの次は、換気扇の掃除、そして冷蔵庫の整理。庫内照明が届かないほど物が詰まったそれを見て、また言葉を失う。実際、出し入れしているのは手前にあるものだけで、捨てられない年寄りに代わって、賞味期限が切れている佃煮や調味料、フリーザーの中で干涸《ひから》びている食パンなどを片っ端から捨てていく。新しいものを買うように言うと、少し遠出しないと買えない調味料や食材を、

「ついでのときでいいから、買ってきて」

と頼まれる。同じ物をまた切らしたと言われれば、それを定期的に買って、届けるようになる。そんなことをしていれば、実家との連絡や行き来は、自然と増えてくる。母が風邪をひいてると聞けば、風邪をひいてない父親が食べるものを作って、車で二十分の実家に届ける。母のために粥も作って帰る。もちろん病院の送迎も、朝子がすることになる。それ以降、父も母も病院に行くときは必ず電話をかけてくるようになり、もし用事がなければ、車で送ってもらえないかと頼まれる。その日は友人の個展に行く予定だったりするが、延期して別の日に——友人が在廊してない日に——行くことになる。

「最近お忙しそうね。ご両親のご面倒も見てらっしゃるんでしょ？　大変ねぇ」

あるとき、回覧板を持ってきた隣人に言われて、朝子は言葉を返せなかった。他人に言われて初めて、自分が親のために日々働いていることに気づいたのだ。気づいたときには、母はキッチンまわりを拭いたり、玄関を掃くこともしなくなっていた。しかし、膝の痛みもひどくなってきて冷蔵庫の下段をのぞくのもやっとな彼女に、自分でやれだなんて、どうして言えよう。食通で味にうるさかった父も、以前は昼食や晩酌のつまみは自分で作って食べるぐらいだったが、朝子が出入りするようになってからは台所に入ることもなくなり、出て来るものは文句も言わず、何でも食べるようになった。外で買ってきたおにぎりを食べても、うまいと言ってる父を見て、別の意味で親の老いを感じた。そんな父を見ていると、逆に美味しいものを食べさせて味覚をよみがえらせたいと思うのだが、高級な粕漬けの魚を買ってきて焼いても、父は味を見る前から醬油をかけてしまうのだった。

親が老いていくことのむなしさを共感して欲しくて、朝子は二人の兄に愚痴をこぼしたが、彼らはピンとこないようだった。たまに孫を連れて訪れる二人は、

「そう？　あいかわらず元気じゃない」

などと言う。親も、兄たちの来訪は平坦な日常の中のちょっとしたイベントでもあるから、やや興奮するのか、彼らの前ではきびきびと動きだす。父ははっきりした口調で次の選挙について語り、母は中学生の孫のために自らキッチンに立ってホットケーキなど焼き始めるので、朝子の話が通じないのもしかたがないと思われた。兄たちには弱いところを見せないからしかたがないけれど、それにしても一度ぐらい病院の送迎を手伝ってくれてもいいのに、と朝子は不満に思った。自分が兄弟の中で一番下で、女で、仕事も子供も持ってないというだけで、自動的に親の面倒を見る役割になっている。「気づいたら」というのは恐ろしい。はっきりとした自分

の意思ではないのに、もう道を歩いていて、そこから逃げるのは難しくなっているのだ。

それでも逃げようと、朝子は試みた。暇だから手伝ってしまうのだと自分に言って、たまに代理でやっているフラワーアレンジメントの講師の仕事を増やすことにして、カルチャーセンターなどで募集がないか積極的に問い合わせた。残念ながら、講師の募集はあまりなく、条件も良くないので、だったらいっそ、自宅で教室を始めた方がいいのではないかと朝子は思い立った。実家に通うようになってから、朝子の愚痴が多くなったと指摘する夫の孝昭も、教室を開く計画を、喜んで応援してくれた。生徒集めのためのチラシやホームページも孝昭が作ってくれると言う。勢いづいた朝子は、華道の大家が催している集中講座を受けたり、外国から専門書などを取り寄せて、教室を開く準備を始めた。種類に富んだ花を卸値で買えるところも見つけ、全てが調《ととの》い、いよいよ生徒の募集をかけようとしていたとき……母が不調を訴え、大学病院で検査をした結果、大腸がんと診断された。

幸いなことに、発見された腫瘍は内視鏡手術で切除できるもので、転移の可能性も低いと言われた。とはいえ、教室を開くなどとは言っていられなくなり、朝子は以前より実家に通い詰めることになった。なんとなく、そういうことになるんじゃないかと、どこかで感じていた朝子は、自分でも驚くぐらいすんなりとその展開を受け止めた。むしろ孝昭の方が、残念そうな表情で実家に出かけて行く朝子を見送るのだった。正直、朝子は教室のことより、母の病状のことで頭がいっぱいだった。身内に「死の宣告」になる可能性がある病名が告げられたときの衝撃は、体験しないとわからないものだった。「今は、がんも治る病気だから」などと、朝子も口にしたことがあったが、他人事だから言えたのだと痛感した。手術を終えて半月で母は退院したが、負担がない治療とはいえ精神的にも厳しい体験だったようで、食欲も落ちたままで、腸の調子が戻るまでには時間がかかりそうだった。朝子はネットなどで調べて、術後に良いとされる、消化がよくて高タンパクな、豆腐や白身魚を使った料理を作り、実家に運んだ。退院から二ヶ月ほど経って、ようやく母の体力とともに日常が少しもどってきた頃、母が朝子に言った、忘れられない言葉がある。

「そういえば、フラワーアレンジメントの教室は、うまくいってるの?」

朝子は、自分の母親の顔を見つめ返した。私が、どれだけ母や父のために時間を費やしているかなんて、この人は、まったくわかっていない。入院の準備も、入院中の洗濯も、父親の食事の支度や、退院後の家事も、どこかで自分がやっているような気でいる。朝子は未だに、たまに顔を出す娘、という感覚のままなのだ。もちろん、世話になっているという意識がないわけではない。朝子が何かしてあげれば、ありがとう、すみません、助かりました、といった言葉は返ってくる。けれど、朝子が他の仕事の「ついでに」それをやっているとでも、思っているのだろう。

「教室？　そんなことやる時間がいったいどこにあるのよ！」

母に言い返している自分を、朝子は一瞬想像した。入院と手術でひとまわり小さくなってしまった母に、そんなことが言えるわけがない。精神的なストレスが、免疫力を低下させると、がん治療の本にも必ず書かれている。

「……まだ、準備してるところ」

飲む薬を間違えないよう、一回分ずつに分けてピルケースに入れてやりながら、朝子は母に返した。母はそれ以上は訊かなかった。

本当のところ興味もないのだろうと、朝子は思った。自分の病気のことで頭がいっぱいで、人のことを考える余裕がないのだ。死ぬか生きるかの病気なのだから、母の立場になればわかる。朝子が知らぬ間に「介護をする側」になっていたように、母も意識せぬままに「介護される側」になってしまったのだ。ならば、自覚がなくてもしかたがない。そんな母に、「来週は来なくていいから。あなたもしばらくゆっくり休んで、自分のことをして」などという言葉を期待しても、無駄だ。「面倒を見てほしい」と頼まれたわけでもないから「辞めたい」とも言えないし、実際、辞められるものでもない。親孝行という、愛情と義務感が入り交じった言葉を支えに、これからも続けていくしかない。

「あなたが面倒を見過ぎるから、よけいご両親も老いていくのよ。ほっとけばいいのよ」

たまに外で人に会っても親のことばかり愚痴ってしまう朝子に、大学からの友人は、ちょっとうんざりした感じで言った。彼女の両親は、飛行機でしか行けないような遠方に住んでいて、夫の両親もすでに他界しているらしい。そんな彼女には、何もわかるまい。「あなたのご両親も、そばにいる誰かが犠牲になっているお陰で健在なのよ」と、朝子は返したかったが、黙っていた。彼女は朝子が自分の意見を受け入れたと勘違いしてさらに、

「いいかげん、親から自立して、自分の人生を生きなさいよ」

と進言した。朝子は二度と彼女とは連絡を取らず、縁を切った。

しかし友人の言葉は朝子の胸に残った。実家に行くことが罪悪のように感じ始めて、極力行く回数を減らそうと努めた。しかし二日顔を見せなければ、母から電話がかかってくる。

ただけ」

「用じゃないの。顔見せないから、風邪でもひいてるんじゃないかなって、心配し

「別に急ぎじゃないの。もし来ることがあったら、ティッシュがもうないから買ってきてもらおうかなと思って」

朝子はしかたなく、電話を切ると、重い足で実家に出かけて行くのだった。実家に行くのも、行かないのも彼女のストレスとなり、フラワーアレンジメントの教室を始める気力も、今さら残っていなかった。

夫、孝昭と些細なことでケンカをするようにもなった。朝子がストレスを抱えているのが一番の原因なのだが、孝昭もそれをわかっているのか途中で黙ってしまい、いつも決着がつかない半端な感じでそれは終わった。若い時は怒鳴り合って、とことんまで話して、最後は許しあうと、ケンカの後はスッキリしたものだ。気持ち悪いところで終わると、もんもんと相手に不満を抱き続けることになる。そんなことを母に愚痴ろうものなら、ここぞと自分の味方をしてくれるので、朝子もホッとして、やはり親はわかってくれると、そもそもストレスの原因が実家であることも忘れて、思ってしまうのだった。

夫も悪くない、親も悪くない。ならば友人が言うように、自ら依存の形を作って

おいて、文句を言っている自分だけが悪いのだろうか？　テレビのドキュメンタリーなどを見れば、もっと身体が不自由な家族を、明るい声と笑顔で介護している人たちが出てくる。介護することが自分の生き甲斐であると嘘ではなく言っている人たちを見ると、なぜ自分はこのようになれないのかと思う。能力がないだけではなく、結局は家族に対して愛情というものが持てない冷血人間なのではないだろうか？　と、また自らを責める。やりたいことも我慢して、頑張っているだけなのに、どうして自分を責めたりしなきゃいけないのか。この世のすべてが理不尽に思えてきて、朝子は自分がさらに不機嫌になっていくのがわかった。

「おまえ、太ったな。むくんでるのか？」

敬老の日に子供を連れてやってきた上の兄は、朝子の顔を驚いて見た。たまにやってきて、ひどい挨拶だと朝子は憤慨したが、半日、朝子と親のやりとりを観察していた兄は、帰り際に言った。

「すっかりお前に頼ってるんで、驚いたな。介護認定とか、どうなってるんだ？　一日でもいいからヘルパーに来てもらえよ。少しぐらい金かかってもいいから」

その言葉に、朝子は、涙があふれてくるのを抑えられなかった。兄は弟も説得して、ヘルパーを一日頼むことが決まった。それだけで、朝子の気持ちは不思議なぐらい軽くなった。朝子のストレスが減ったことで、自然と孝昭との間にあった不穏な空気も消えて、夫の顔にも笑顔がもどり、朝子は彼に心から詫びたい気持ちになった。そして、久しぶりに休みを利用して、二人で国内旅行でも行こうかという話になった。朝子は珍しく率先して、シーズンで一番花が楽しめる場所を探し、北海道に決めると、旅館や航空券を自らインターネットで手配した。しばらく旅行もしていないから、キャリーバッグも新調しようと、デパートを見てまわっていると、携帯が鳴った。電話の向こうで動揺している母は、父が散歩中に倒れて病院に運ばれたことを告げた。

朝子は、父が寝ている病院のベッドの脇で、ラベンダーが咲く高原の写真を、雑誌の特集でぼんやり眺めることになった。心筋梗塞で命はとりとめたが、深刻な合併症を起こしていて、開胸手術も行われた。亡くなるまでの一ヶ月半の付き添いは、朝子の人生において一番つらいものになった。完全看護で何もすることがない所で、意識もない病人を見つめているのはつらかった。歳だからしかたがないと思うこともできたが、まだ元気でいられたかもしれない、と思わずにいられなかった。母の病気にばかり気をとられていて、父が病んでいる兆候を見逃していたのではないかと、また自分を責めるのも簡単だった。

寡黙な父とは、子供の頃からあまりコミュニケーションらしいものをとったことがなかった。父に愛情や怒りを感じても、朝子はそれを表情以外のもので表すことはなかった。父からも、それを言葉で受け取ったことがなかったからだ。まったく会話がないわけではないが、話すとしたら、スポーツニュースを見ながら、見逃した試合の結果をたずねたり、互いにペナントレースの予想を語るぐらいだった。年頃になれば、よけい父親と接する時間は少なくなっていったが、大学生の頃、珍しく二人で出かけたことがあった。サッカーの日本代表の試合を観に行く予定だった兄が、二人とも流感でダウンして、朝子と父で行くことになったのだ。メインスタンドの席で、あの時は二人ともしかたなく、いつもよりはしゃべった。父に「おまえが体操部に入ったときは驚いたが、やっぱり続かなかったな」と、高校の頃の話を今さら言われて、体が硬いのも運動音痴も家系でしょう、と言い返したのを覚えている。

話そうと思えば、話せたのだから、毎日のように実家にいたのだから、もう少し話しかけていたら、父から体調がおかしいことを聞けていたかもしれない。返事を返さない父の横顔を見つめて、朝子は思った。悔やみだしたらきりがない。介護というのは、いくらやったところで、むくわれるどころか、後悔しか残らないのではと、朝子はその頃から気づき始めた。逆に、実家に通っていなければ、兆候に気づかなかった自分を責めることもしないはずだ。本当に、なに一つとして良いことなんてない。

父が逝ってから、まさかと思ったが、母に認知症的な言動が顕著に見られるようになってきた。やかんを焦がしたり、風呂の栓を忘れて水を溜めようとしたり、その程度は年だからしかたがないと思っていたが、真夜中に電話がかかってきて、お父さんのお骨が見あたらないんだけど？　と言う母に、ついに来たか、と朝子は思った。半年前にお墓に納骨したでしょう、と返せば、そうだったわね、ととりつくろうのだが。

「おふくろだって、まだしっかりしてたのに。朝子が何もやらせないから、早々とボケちゃったんだよ」

下の兄にそのように言われて、朝子は開いた口がふさがらなかった。自分で自分を責めるだけではなく、まさか人からも責められるとは。兄たちのぶんも全てやってあげているのに、だ。情けなくて笑い出したいぐらいだったが、朝子は母を連れて行った「もの忘れ外来」で診断されたこと――身内が亡くなったり、環境が変わったりすると、それをきっかけに認知症が始まるケースは珍しくないということ

――を、何もしないで意見ばかりする下の兄に報告して返した。それにしても、なぜそのような暴言を、最近は母よりも痩せ細っている朝子に向かって吐けるのか？

「面倒を見てない人って、焼きもち焼くのよ」

やはり姑を自宅で看取った隣人が、朝子に言った。知らぬ間に介護役にされている人間がいるように、知らぬ間にかやの外にされている人間もいるということか。自分も後者になりたかったと朝子は思った。とくに、近親者として重い決断を下さなくてはいけないときには。父が何度目かの危篤に陥ったときに、延命治療を続けるかどうか、決めなければならなかった。母のがんが再発したときにも、治療の方針を決めなければならなかった。そして、父の一周忌を迎えた頃、また母は、病院に通わなければならない状態に陥った。再発となると、前のときとは世界が大きく違った。それでも化学療法が効いて一年はどうにか元気でいたが、検査で再び転移が認められて、治療を再開するか匙を投げかけている医師に問われた。認知症もひどくなっていたが、一応本人の意思を確かめると、母はもう病院に行きたくないと言った。家で静かにしていたいと願う彼女の目は、正気に見えた。兄たちに「おまえにまかせる」と言われ、朝子は悩んだ末に、母の希望どおりにして、じきに母は自宅で寝たきりになって、父が亡くなった二年半後に亡くなった。

両親が逝って、実家に通う必要がなくなったそのとき、朝子が驚いたのは、自分が何をしていいかまったくわからない、ということだった。今までは全てのアクションが、実家につながっていた。皿を一枚洗うのも、早く片付けて病院に行かなきゃという勢いで洗っていたし、トイレや風呂の掃除も、実家にばかり時間をとられて自分の家が汚いのは許せないから、汚れやすいところは極力きれいにしておきたい、という気持ちで丁寧にやっていた。実家という重荷を原動力に動いていたので、それが消えたとたん、どうしていいかまったくわからなくなってしまったのだ。いつか介護生活から解放されたら、オランダに花を見に行きたいと思っていたが、いざそうなると、そんな遠くにわざわざ行く気もしなかった。

それでも友人に誘われて、孝昭にも背中をおされて、ニューヨークに一週間行ってきたが、なにを見たか、帰ってきてもあまり覚えていなかった。友人の手前、何も買わないのも悪いのでブランド品のバッグを一つと、珍しくもない土産物を少し買ってきただけだった。朝子は自分が「介護人」に仕立て上げられてしまったと実感した。そして介護する人間がいない今、自分はからっぽだと感じた。そんな抜け殻のようになっている朝子に、夫の孝昭は何も言わなかったが、気をつかってるというより、ずいぶん前から、朝子の生き方にもう口を出さないと決めている感じだった。ただ、ぼんやり日々を過ごしている朝子が「犬でも飼おうかな」と口にしたとき、孝昭は異常に反対した。朝子は単純に犬が嫌いなんだと思って、その話は二度としなかった。残された実家の家は、下の兄が住むとか、住まないとか、ビルを建てるとか、兄たちで騒いでいたが、朝子は一言も口を出さなかった。最終的には、家ごと売りに出して、兄弟三人に公平に財産が分与された。朝子は今さら異議もとなえなかった。そんなのは最初からわかっていたことだ。

全てがむなしく思えていたとき、結婚する前に働いていた職場の同僚から、二十年ぶりに連絡がきた。毎年、年賀状だけはやりとりしていて、お互い相手の状況はなんとなく把握していた。

「今度ね、二子玉《にこたま》にセレクトショップをオープンするの。そんなに忙しい店にはならないと思うけれど、朝子さん、働く気ある？」

三十代の頃から変わっていない落ち着きのある声で、元同僚の岩崎は言った。当時、朝子は、銀座にビルをかまえる高級ブランドの宝飾品売場で働いていた。岩崎はアパレルの方を担当していたが、朝子の優秀な仕事ぶりを今でも覚えていると告げた。

「私たちの世代に向けた店にしたいから、若い子じゃなくて、経験のあるセンスの良い人をいれたいの」

朝子は慌てて断った。仕事のやり方もとうに忘れたし、今のファッションのこともわからないからと。岩崎は、でもせっかくだから会うだけ会ってお茶でもしましょう、と誘うのだった。孝昭にも、

「会って互いに相手を見れば、無理か無理じゃないかはすぐに判断できるよ」

と、もっともなことを言われ、朝子は重い腰をあげて出かけて行くことにした。自分が「介護人」であった間、岩崎は自分の店を持つに至る充実した歴史を経ていたのだと、羨ましく思いながら。

銀座にある小さなフレンチの店に行くと、美しく歳を重ねた岩崎と、季節の野菜を上手に使った手頃な価格のランチが朝子を迎えて、改めてスカウトされた。わざと今の自分を教えるために着て行った地味な服も、逆に褒められて、流行とは関係なく品がある、あなたみたいな人が適任なのと岩崎に言われた。悪い気はせず、朝子も話を聞いているうちに、遠くにぼんやりと明かりが見えるような、ささやかな予感がしてきた。ようやく「自分の人生」が生まれるのではないかと。知らぬ間に巻き込まれてしまった理不尽の連鎖から、抜け出せる日がついに来たのかもしれな

いと。

院内にあるカフェは、正午を過ぎてにわかに混み始めていた。エスプレッソマシンの甲高いスチームの音は途切れることなく、診察を終えた患者や、休憩時間に入ったスタッフがレジの前に並んでいる。

「すみません、ただいま満席で、お待ちいただくことになりますが」

店員が告げているのが聞こえる。朝子は自分が少ないテーブル席の一つを占領していることに気づき、申し訳なく思ったが、カフェラテは半分も飲んでいないし、夫の病室に行くには、もう少し時間が欲しかった。

「空いて……ない、か」

六十代後半ぐらいの男が独り言ちながら、マグカップを持って朝子の横を過ぎた。席を探しているようだが見つからず、ぐるっとまわって戻ってきた。

「あの、相席で、よろしかったら」

朝子は、背の高いその男に声をかけて、向かいの椅子を指した。

「あ、いいですか？　助かります」

白髪だけれども意外と若々しい声で、男は申し出を喜んだ。朝子が自分の飲み物を手前に寄せて、テーブルに彼のスペースを作ると、アイランドを片付けていた店員も気づいて、

「ご協力ありがとうございます」

二人に笑顔で言って去った。自分が日曜にしたことを思うと、店に少しでもお返しができて朝子はホッとした。白髪の男はマグカップをテーブルに置いて、腰が悪いのかゆっくりと座った。朝子は体の向きを斜めに振って、さりげなく視線があわないようにしたが、男は大きく息をついて、

「いや、混んでますね、今日はまたやけに」

笑顔で話しかけてきた。

「なにもこんなに混んでるときに、入らなくてもいいんだけど」

朝子はそれに微笑みだけで返した。男は、自分のマグカップを指した。

「ここでカプチーノを飲んで帰るのが、習慣になっちゃって」

朝子が無言でうなずくと、

「ああ、すみません。お邪魔して」

男は口を閉じて、目線を朝子から逸らした。謝られてしまうと、かわいそうにな

り、朝子は男に返した。

「この辺り、お店がないですしね。私も主人が入院しているので」

「そうですか……」

男の顔から笑みが消えた。ひかえめな、しかし共感をこめた声で、彼は言った。

「それは……本当に、ご心配ですね」

朝子は、男の表情に好感を抱いた。ただ同席しただけの相手に、ここまで親身になって言葉をかけられるものだろうか？

「あの、私そんなに、深刻そうな顔してますかしら？」

不思議に思って、朝子は問い返した。

「いえ、どんなご病気かは、わかりませんが」

男はちょっと困ったように、マグカップを置いて、

「……どんな病気だって、そばで看ているご家族は、本当につらいものです」

静かに言った。朝子はピンときた。

ああ。この人も、きっと私と同じ「介護人」だ。

白髪の男は、それきり黙った。朝子も黙っていた。けれど、飲み物を口に持っていく二人の間には、何かを共有する温かい空気が流れていた。

今まで頑張ってきた朝子に、神様がくれたご褒美かもしれない。セレクトショップの店員にスカウトされた朝子は、その降ってきた機会に、思いきってチャレンジしてみることにした。店のオーナーとなる岩崎は、すっかり朝子を頼りにして、オープン前からいろいろと相談をもちかけてきた。

「まだ壁の色を悩んでいるのよね」

「五番街もソーホーも、内装は意外と地味だったけど、家具とかは驚くような色を使ってたわ。紫とか」

意見を求められると不思議とニューヨークで見た店の雰囲気や、サービスの仕方がよみがえってきて、朝子のアドバイスは彼女を喜ばせた。朝子もめずらしくはしゃいで、店の準備から関わっていることを、夫の孝昭に報告した。彼も喜んでくれるに違いないと思ったのだが、なぜか孝昭は何を話しても反応が悪く、話を聞いていないという感じだ。話が来た時は、躊躇っている朝子を後押ししてくれるほどだったのに。現実に妻が働くとなると、やはり嬉しくないのだろうか。だったら、はっきり言ってほしいのだが、べつに反対するわけでもなく、朝子が気をつかってさぐりを入れても、好きにしたらいい、というような無関心な返事しか戻ってこなかった。全てが気持ち良く運ぶということはないのだろうと、朝子はあきらめて、オープンの準備を精力的に手伝った。

セレクトショップのオープンまで、あと半月という頃。開店セールで配る粗品を、朝子が家でラッピングしていると、トイレから出てきた孝昭が、青白い顔をして、言いにくそうに告げた。

「……ここんとこ、便と一緒に、すごい出血があって」

朝子は息をのんで、夫の顔を見た。

「一日に何度も、便が出るし、変なんだ」

「いつから?」

朝子も、夫と同様に顔から血の気が引いていた。

「先月……もっと前からかな」

「なんで言わないの! 病院に行かなきゃ」

「今、すごく忙しいんだよ」

夫はソファーに、つらそうに腰を下ろした。

「今週に入ってから、腰まで痛くなってきて」

そういえば、どこか夫の動きが鈍く、変だと思っていたのだ。朝子は膝の上からハサミを落として、立ち上がった。

「なんで、なんで言わないの！　お母さんも、最初は血便が出てわかったのよ！　知ってるでしょ?」

ヒステリックに声を張り上げていた。

「すぐ行って、今すぐ行って、病院で診てもらって！」

「日曜だよ」

「いくらでもあるわよ！　休日診療してるとこは！」

孝昭が不機嫌だった理由がわかった。体調が悪かったのだ。おそらくこの数ヶ月……。思えば、食事を残すことも多かった。ダイエットでもしているのかと思っていたが。

「なんで早く、病院に行かな——」

夫が病院嫌いであることも、朝子は久しぶりに思い出した。しまった……。しまった……。朝子はラッピング用のリボンを握りしめたまま頭をたれ、自分に言った。

翌日、この期におよんで会社を休むことを渋る夫を怒鳴りつけて、朝子は母を最期まで診てくれた消化器科のクリニックに、孝昭を連れて行った。そこでできる検査を全てやり、できない検査は提携している総合病院でやるように言われた。最終的に下された診断結果は、「潰瘍性大腸炎」だった。がんではなかったので、とりあえずは孝昭も朝子も安堵した。が、最近よく耳にするその病名が、難病に指定されているものであることは、二人とも初めて知った。何が原因で起こるかは不明で、免疫系が自分の腸の壁を異物と誤認して攻撃してしまい、破壊され炎症が起きるのだという。一度発症してしまうと完治させることは難しく、病気そのもので死に至ることはないが、がんに移行するケースもあるという。孝昭の症状がけして軽くないことを若い医師は伝え、なぜこんなになるまで病院に来なかったんですか、と不満げに呟いた。今は良い薬がいろいろとあり、完治できなくても症状を抑えることはできるが、腸内の炎症がひどくなれば大腸を全摘する外科手術も要するということだった。とりあえずは薬で治療を試みて、様子を見ることになった。

「自分の白血球が、自分の腸壁を攻撃するだなんて……いったいどういうことだ?」

家に戻る車の中で、さっそく孝昭はタブレットで病気について調べ始め、自分の体内で起きていることに愕然としていた。

「原因がわからないから、難病指定なのよ」

「わからないって……でも、なぜそういうことが、起きるんだ？」

誤った働きをするにしろ、働かないで悪いものが増えていくにしろ、免疫系が壊れている病気はやっかいだと、朝子は母の闘病から身をもって知っていた。また「大腸」に悩まされるのか……と憂鬱に思う、その一方で、すっかり忘れていた、母が闘病中に覚えた料理のレシピが、急に頭に浮かんできた。明日から、生野菜サラダはやめて、温野菜にしなくては。それも繊維が少ない、こなれのいい野菜。さつまいもはダメだが、じゃがいも、里芋は良い。魚は白身、肉はササミ。調理方法は、蒸す、煮る、細かく刻む。母も喜んで食べた、里芋とカボチャ入りの煮込みうどんを、朝子はその夜から作り始めた。

セレクトショップの店員の話は、申し訳ないので忙しいオープン時だけは手伝って、代わりの人を探してもらうことにした。孝昭は、そんなことする必要はないと懸命に止めたが、朝子は自分の問題だから好きにさせてほしいと、意志は強かった。親が病気のときはかかりきりだったのに、夫だけ半端に介護して、さらに悪い病気にでもなったら後悔するのは自分だ。後悔はすでに嫌というほどしている。老い先が短い親ばかりケアしていて、一番忙しくて生活習慣病などのリスクが高い年齢の夫の生活に、目がいっていなかったとは。養ってもらっているのに、妻として全く役割をはたしてなかった自分を責めた。

　病気の原因はわかってない、と言っても、不摂生な食生活やストレスが腸に悪い影響を与えることは、子供だって知っている。彼が友人と起業した会社は、その友人が事故で亡くなり、孝昭が取締役社長を引き継いだ。小さな会社であるから、自ら接待の席に出ることもあるし、後継者の育成に社員と飲みに行くことも多い。だが、節制するように朝子がうるさく言えば、家で夕飯を食べる日も増えたはずだ。けれど、実家の用事で疲れて帰ってきた朝子は、夫の帰りが遅いと、ホッとしたものだった。それを夫がどことなく察して、外食が増えていたとしても不思議はない。親が入院していたときは、夫は朝食まで外で食べていたではないか。また以前は、夫の晩酌の相手をしながら、仕事の愚痴を聞くのも習慣だった。色々な場所で職務経験がある朝子だから、夫は会社の事情を細かに話した。友人たちに聞くと、彼女たちの夫は、家で仕事の話など一切しないと言うので、普通はそうなんだ、と驚いたぐらいだ。でも近頃は、今、夫がどういう仕事をしているかも知らなかった。休日に二人で出かけることもない上に、逆に彼にあたるばかりで、夫は自分のストレスをどこに吐き出していたのだろう。趣味なども持っていない、仕事だけの人だ。朝子は考えるほど、夫の病気の原因が自分にあるように思えてきて、セレクトショップの店員なんかやってる場合ではないと思った。難病とはいえ、薬で症状を抑えれば、ほぼ完治に近い状態にもなるという。可能な限り、孝昭の健康を回復させる責任が、自分にはあると思った。両親と違って、夫にはまだ未来があるからなおさらだ。朝子の介護生活が、新たに始まった。

確かに夫は……両親とは違った。まず、それしか症状を抑える方法がないのに、薬を飲みたくないと、孝昭は言いだした。

「その薬を飲んでから、よけい調子が悪くなった気がする」

などと言う。色々な薬を試している最中だからしかたがないじゃない、と朝子がなだめると、

「あのクリニックは、行くたび言うことが変わって信じられない」

と不信感を抱き始めている。確かに対応は不十分かもしれないが、いざというときには親身になってくれて、母親の最期を自宅で迎えることに協力してくれたクリニックだったので、朝子はかちんときて、ケンカになった。母親も医師の言うことを守らなかったり、治療に積極的にならなくて朝子を困らせたが、親子だから理由がなんとなくわかり、説得するのもなだめるのも難しくはなかった。けれど夫となると、思考の方向性がまったく違って、何を考えているのか、さっぱりわからなか

った。

「だいたい、薬を飲んでも治らない病気なのに、なんで飲まなきゃいけないんだ？」

「だって、何もしなきゃ、症状がどんどんひどくなってしまうでしょう？　現につらいのは、あなたでしょ」

「薬でいったん落ち着いても、再発したら、それも効かなくなるってネットに出てた」

親は彼のようにインターネットで検索もしなかったし、

「このブログを見ろよ。滝行で、潰瘍性大腸炎を治した人がいる」

そこまで発想が豊かでもなかった。大人だから、行動を阻止できないというのも困りものだった。一晩中、トイレと寝室を行き来して、腹が痛いとのたうちまわっているのに、朝になると、這ってでも仕事に行こうとする。

「今日は、おれが行かなきゃダメなんだ。起業したときからのクライアントだから」

と言う孝昭に、そんな状態で行ってトイレで倒れでもしたら、逆に迷惑よ、と朝子は言って止めたが、彼は聞かず、知らぬ間にタクシーを呼んで、出かけて行くのだった。

とはいえ、夫が仕事を失うようなことになれば、自分の生活にも関わってくることなので、朝子も複雑だ。一生の持病になるなら、社会生活も維持しながら、病気とつきあっていかなければならない。だからこそ、まずは症状をこれ以上ひどくしないことに専念してほしかった。しかし、完治させることを目標としている孝昭は、ミラクルに治る話ばかりに飛びついた。まことしやかに「効く」と言われるものを、彼は次々と取り寄せ、それらが山積みになっていく。水、サプリメント、プロポリス、プロバイオティクス食品、さらには免疫力を高めるという――どのように使うかなんて知りたくもない――怪しげな石。朝子はそれらを極力見ないようにしたが、居間にも寝室にも、代替治療の本や、『○○で治る!』というような、タイトルだけ狙った表紙の本が積まれていった。孝昭も、買ってはくるが、全部を読んでいるようでもなかった。また朝子の方も、対抗するように、ネットや本で潰瘍性大腸炎に良いとされる料理のレシピや、生活習慣の情報を、探しまくった。この病気は、体力の消耗が激しいとあれば、高カロリーで脂質の少ない鶏だんごのスープを。乳製品は良くないが、腸壁を再生するのにタンパク質が必要だと知れば、豆腐を使ったグラタンを。添加物も良くないと書いてあれば、家にある白砂糖やうまみ調味料を全て捨てて、自然食品屋で無添加の調味料をそろえ、野菜もオーガニックのものをネットで取り寄せた。弁当も作って持たせたが、孝昭もそれは拒否しなかった。が、「食事に気をつける」、そこだけは意見が合うところだった。

「今日久しぶりに、すきやきを食べたよ。うまかった」

仕事先でごちそうになったので断れなかったと、孝昭はそれすら守らないことがあり、朝子の怒りをその都度買った。脂の多い肉も春菊もしらたきもネギも、食べてはいけないリストに入ってるものばかりだ。

「病気があるからって、断ればいいでしょ！」

「食事を気にしすぎてストレスためる方が、かえって腸によくないって言う医者もいる」

言うことに変に筋がとおっているのも、老人よりやっかいなところだった。へりくつに関しては男の方が上手だから、言い負かされてしまう。けれど、冷静になって考えてみると、孝昭の行動には言うほど一貫性もない。薬は飲まない、病院には二度と行かないと言っていたかと思うと、友人に紹介された医師のところは素直に訪ねて行ったりする。そんな夫に、自分はふりまわされていると、朝子は思った。

こんな人だったかしら？

朝子は夫の顔をまじまじと見て思うことが多くなった。非常時ほど、その人間の本質が出るという。災害や事故など重大なことが起きたときほど、パートナーとの価値観のずれを感じるものだと聞いていたが、まさにそれだった。もちろん、今まででだって価値観が合わないことは多々あったが、それを見ないようにすることもできた。しかし、非常時だからこそ、同じ目線でものを考えなくては乗り切れない、と朝子は思った。なのに、相手にその気はまったくなさそうだった。心ここにあらずで、朝子の言葉に耳を傾けようともしない。この人はいったい……と朝子は苛立たしく思うようになってきた。朝子は自分の人生をあきらめて、彼をサポートすることを中心に生活を送っているのだから、孝昭は、もっと心を合わせて協力するべきだ。だが望んでも、むなしいだけなのは、過去の経験からわかっていた。結局、両親のときと同じだと思った。病人や老人は、自分のことばかり気にかけているので、自己中心的になるものなのだ。

健康な人間に、このつらさ、この気持ちは、わかるまい。

病人の目は、さらにそのように訴えているように見える。病人は介護人を、健康で鈍感なヤツだと、下に見ているのだ。鈍感なのはどっちだ、と朝子は思った。朝子だって、朝起きるのがつらくて一日寝ていたいと感じることもある。頭痛、胃痛、貧血、若くはないから小さな故障はいくつも抱えている。でも、いちいち口には出さない。いっそ自分も病気になってしまいたいと思うこともある。でもそこまでには至らないので、確かに「健康」なのだろう。しかしそれは、鈍感なのではなくて、自己管理ができているから健康なのだ。だいたい、夫や親を見ていても自分に甘いと思う。健康法にも突如としてはまるが、続かない。朝子のように日々気をつけて体を動かしたり、節制するということがない。そのように考えると病気なのも、自業自得という気がしてくる。なおさら、自分がその病気に巻き込まれていることに、腹がたってくるのだった。

「もちろん、あなたの病気だしあなたの体だから、どうしようとあなたの勝手よ。だけど一緒に暮らしているんだから、こっちのことも少しは考えてよ」

ソファーに横になっている孝昭に、ついに朝子は言った。

「申し訳ないと思ってるよ。面倒かけて」

孝昭は、朝子を見ずに返した。

「自分のことは自分でやるから、あんまり気にしないでいいよ」

その言葉に、朝子の中で張りつめていた我慢の糸が切れた。

「ああ、そう！　じゃあ、明日から、汚れた下着の洗濯も、食事も全部自分でやってください」

キッチンクロスを流しに叩きつけて、寝室に行くと、家中に響く音でドアを閉めて、朝子は服のままベッドに入ると頭から布団をかぶった。夫が謝りに来るのではと待ったが、そのような様子もなかった。向こうも怒っているのかもしれないと思うと、よけいに腹がたった。憤って、ぐるぐると思考をめぐらしているうちに疲れてきて、朝子はいつしか寝てしまったようだった。

夜中に目を覚ました朝子は、習慣で、隣りのベッドに夫がいるか確かめたが、乱れた掛布団があるだけで、開けっ放しのドアから、トイレの電気がついているのが見えた。孝昭はしばらくしてベッドに戻ってきたが、腹痛に耐えている声が聞こえてきた。いつものことだ、と朝子は目を固く閉じて寝たふりを続けた。明日も、絶対に夫より先には起きないと決めた。もしくは早起きして、どこかに出かけてしまおうか。もんもんと考えだすと、なおさら眠れなくなった。夫は寝返りをうち続けていたが、小一時間もすると静かになった。規則的な寝息が聞こえてきて、朝子はホッと息をつき、布団から顔を出した。自分も少し気分が落ち着いてきて、昨夜自分が言ったことと、孝昭が言ったことを思い返してみた。なぜ自分が怒ったか、わかった。

「申し訳ない」ではなく、「ありがとう」と、朝子はねぎらって欲しかった。

けれど孝昭は、独りで病気を抱え込んで、朝子とシェアしようとは思っていない。朝子が病気のことを調べたりして詳しくなることも、逆に嫌そうだ。それを自分のものだけにしたいらしい。健康な人間はこっちに入ってくるなという感じだ。

ほっといてほしい。

それが本音だろう。二十三年一緒に暮らしてきて、私たちは何を築きあげてきたのだろう。離れていったのは、私なのか、彼なのか。隣りに寝ている男は、いったい誰なのか？

数時間後、また孝昭の唸る声で、朝子は目覚めた。それから明け方まで、トイレと寝室を往復して朝を迎えた孝昭は、八時を過ぎると携帯を取り上げ、何本か電話をかけていた。今日は仕事を休むようなことを言っている。よほどつらいのだろう。朝子は、やってしまった、とまた自分を責めた。大腸に一番よくないストレスを、与えてしまった……。粛々と、朝子はいつものように、洗濯から家事を始めた。孝昭の下着を洗い、粥すら食べられるかわからないが、白米を少量といで火にかけた。食欲がなくても水分はできるだけ摂った方が良いから、孝昭が好んで飲んでいる薬草茶も作った。

「……朝子、悪いけど、送ってもらえるかな」

孝昭が着替えて出てきたので、朝子は驚いた。今日は休むんじゃないの？　と返すと孝昭は言った。

「ああ。病院に行く」

「クリニックに？」

「いや、総合病院」

遠くはないが、あまり縁がない場所にある病院の名前を突然言われて、朝子は黙った。

「取引先の人と話してたら、偶然、娘さんも同じ病気で。そこで治療を受けて、けっこう良くなったらしい」

取引先の人には自分の病気のことを話すのだ。そして紹介された病院に興味を持つのだ、と朝子はまた自分が傷つくのを感じた。私が調べた消化器系の名医がいる病院のリストなど、ちらと見ただけで行こうともしないのに。朝子は、土鍋の中で躍り始めている米粒を見つめた。

「でも、そこだって紹介状がいるでしょう？」

「彼の娘さんが、担当医に直接頼んでくれて、今日の午前を予約してある。昨日の夜、話そうと思ったんだけど……」

　朝子は自分の顔がひきつっているのがわかった。煮たっている鍋をしばらく見つめていたが、手をのばして、コンロの火を消した。

「そ。じゃ、行きましょ」

　とにかく、孝昭にストレスを与えてはいけない。それだけを考えよう。朝子は言われる通りに車を走らせて、その病院へ彼を運んだ。怪しげな石を腹にのっけるよりは、どんな病院であれ、行ってくれるだけでありがたい。朝子は運転しながら、思考を切り替えた。

　新しさを主張するような、わざと病院を思わせないような、そんな造りの施設の中を、スタンプラリーのようにぐるぐるとまわらされて、お決まりの検査を済ませ、医師に会うまでにさらに一時間半以上、待合室で待たされた。二人を迎えた医師は、孝昭よりも少し若いぐらいで、診断と治療法に関しては、クリニックの医師の見解と、大きな違いはないように思えた。

「わかりました。よろしくお願いいたします」

　孝昭が医師の話を一通り聞いただけで、そう返したので、朝子はびっくりして夫の顔を見た。できるだけ早い方が良いと、医師はカレンダーを指して、入院の日程を検討している。孝昭もスケジュール表を開いて、覚悟したようにうなずいている。

朝子はあっけにとられて言葉も出なかった。クリニックの医師に勧められた時は拒絶した治療法――最低一ヶ月ほど入院して、絶食状態にして炎症を起こしている腸を休めると同時に、ステロイド系の薬を投与して症状を一気に抑えるというもの――を、孝昭は急に受け入れたわけだ。解《げ》せなかったが、治療に前向きになったのは良いことなわけだからと朝子は自分に言った。しかし、

「何か質問はありますか？」

と医師に聞かれた孝昭は、医師に訊ねた。

「例えば、絶食だけしてみて、それだけで良くなったら薬は投与しないという方法は、ないのですか？」

医師は、それに対して沈黙した。朝子は夫がわけのわからないことを言ってるので、小声で口を出した。

「それは無理でしょ」

だったら絶食道場にでも行ってください、と医師だって思うだろう。あくまで薬や手術で治療をするのが病院の仕事だ。朝子の言葉に医師はうなずいた。

「絶食で腸は休まりますが、その間に、壊れている腸壁の炎症を完全に抑えて修復

させるのには、薬は不可欠です」

ですが、と笑顔で医師は二人に言った。

「藤森さんのように、お忙しい方は、入院でもしなければ完全に体を休めることもできませんからね。一ヶ月ゆっくりするのも、薬と同じく必要な治療の一つですよ」

朝子は、このバランスがよい医師に好感を持った。けれど孝昭は無表情で返し、何か言いたげな感じが伝わってくる。あまり医師に対して不信な感じを見せないでほしいと、朝子は横ではらはらした。何か質問があればいつでも聞いてくださいと親切に言う医師に見送られて、朝子は無言の夫をうながすようにして退室した。

「本当に、入院するのね？」

と朝子が帰りの車の中で確認すると、孝昭は無表情のままうなずき、とはいえ決意は変わらないようだった。

孝昭は入院の日まで、片付けなくてはならない仕事や引き継ぎに追われていた。その日が来て、指示どおり、日曜の午後のひっそりとした病棟の受付に、彼は朝子を伴って行った。入院の手続きをすませてエレベーターで上がると、カルテを持った男性の看護師が迎えて、名前を確認後、こぎれいな四人部屋の病室に案内された。施設や入院生活の説明があり、体重測定や、検温などの簡単な検査を受けたら、後はゆっくり過ごしてくださいということだった。絶食は明日から段階を踏んで始まるので、夕飯も普通食が出るという。

「絶食前だからって暴飲暴食する方は、意外といませんね」

わざと看護師は言うのかもしれないが、この病で弱りきっている人間は、そんなやんちゃをする気力もないだろうと朝子は思った。看護師は説明を終えると、さっさと消えてしまった。朝子は持ってきた着替えやタオルなどを割り当てられたロッカーに納め、孝昭はベッドに座り、入院手続きの書類などに目を通していた。病室のベッドに座っていると、それだけで夫が病人らしく見えるのが不思議だった。ずいぶんと待たされてから、検温や検尿などがあり、間を置かずに早い食事が来て、味けなさそうな白身魚の献立を、何もコメントせずに食べる夫を、朝子は横で見守った。

「君も、食べてみる？」

「いいわよ」

「ロビーにカフェがあったね。何か買ってきたら？」

「日曜は休みじゃない？　家で食べるからいい」

食事を終えた孝昭は、室内着に着替え、枕元のテレビなどを見ていたが、荷物をまとめた朝子がそろそろ帰ると言うので、彼女を送りがてら、ロビーのカフェが開いてるか一緒に見に行くことにした。

それは日曜も営業していた。照明が落とされたロビーの横で、見慣れたロゴを掲げたカフェだけが煌々と光を放っているのを見て、朝子は今日、初めてホッとするものを感じた。さっきまでは何か食べるような気分ではなかったが、急に空腹をおぼえて、寄っていくことにした。孝昭はソイラテを、朝子は無性に甘いものが飲みたくて、カフェモカと、ホットサンドを頼んだ。孝昭は、朝子にケーキも追加した。客は他に二人いて、彼らから離れた奥のテーブルに落ち着くと、朝子と孝昭は同時に、飲み物に口をつけた。カフェモカは、思ったほど甘くなかった。

「……ふたりで、カフェに入るなんて久しぶりね」

朝子の言葉に、孝昭はうなずき、一口だけ飲んだソイラテのマグカップをテーブルに置いた。孝昭が何か言うだろうかと朝子が待っていると、

「おねえさん！　ここの、この、コーヒーは、カラダに、いいんだよな！」

驚くような大きな声が、代わりに飛び込んできて、朝子と孝昭は声を発した客を

見た。時代遅れの黄緑色のジャンパーを着ている大きな目をした男は、表情が子供のようにあからさまで、朝子はこの病院に精神科があることをすぐに思い出した。おねえさん！　と呼ばれた店員も、笑顔をひきつらせている。朝子は速やかに男から視線を逸らした。不運な女性店員は、笑顔をひきつらせたまま朝子にホットサンドを運んでくると、

「お待たせ、いたしました」

テーブルに置いた。朝子は何事もなかったようにうなずいて受け取った。孝昭も、苦笑いを浮かべた。

「病院のカフェじゃ、申し訳ないね」

また「申し訳ない」か。朝子は無言で、中でチーズが溶けているホットサンドを食べ始めた。孝昭がケーキをつついているのも視界に入っていたが、止める気も起こらなかった。

「カラダに、いい。ここの、コーヒーは……」

大きな目の男は、それからも何度か言葉を発していた。朝子はそれを聞くたびに気が重くなり、カフェから、いや、病院から飛び出したい衝動にかられた。しかし、夫が一人であの病室に戻って行くことを思うと、カフェが閉店になるまでずっとこ

こにいたいとも思った。

「朝子」

ホットサンドを食べ終えたタイミングで、孝昭が言った。

「明日は、もう来なくていいから。入院中も、そんなに来なくていい。用があれば呼ぶから」

朝子は黙って、その言葉を受け止めた。が、独り言のように言った。

「……片思い」

自分の言葉がストレスになってはいけない。だから、冗談まじりに言おうと選んだ言葉だった。けれど、朝子は自分の顔がさきほどの女性店員と同じようにひきつっているのを感じた。

「……結婚したときから、あなたは心ここにあらずで。こういうときだって、何をやっても私一人で勝手にやってるみたいで。いつだって……」

朝子は唇を噛んで、夫を睨んでいた。

「片思い」

自分でも驚くような声になっていて、もはや冗談には聞こえなかった。孝昭も無表情で固まっている。朝子は頬を紅潮させて、さすがに何か言うだろうと、夫の言葉を待った。孝昭は沈黙したまま、何か思考しているようだった。が、目を伏せて、両手をテーブルの上にのせた。朝子は、夫が自分の手を取るのではないかと、一瞬思った。期待した。けれど、孝昭の手が自信なさげに触れたのは、まだソイラテが半分以上も残ってるマグカップだった。それを朝子の方に、スッと押しやって、

「……よかったら飲んで。考えたらコーヒーもダメなんだった」

夫は言った。朝子はしばらくマグカップを見つめていたが、首を横にふった。

「いらっしゃいませ」

店員の声がして、また客が入ってきたようだった。じきにカウンターの奥でエスプレッソマシンがけたたましい音をたて始めた。それをきっかけに、朝子は夫に向かって言った。

「私、あなたを、ぜんぜんわかってなかったみたい。私は、なんなの？　飲めないコーヒーを、飲むのだけが役目？　ほんとに、もう……むくわれないわ」

エスプレッソマシンの音がやんで、朝子は黙った。抑えようと努めたが、堰を切った感情は治まらなかった。声のボリュームも下がらなかった。

「私は、なんなの？」

明日から来るな？　来なきゃ、いったい誰が汚れた下着の洗濯をするのだ？　忘

れたｉＰａｄを誰が持って来るのだ？　飲み残しを飲んでと頼んでおいて、来るなというのは、どういうことだ？　病気だからって、何を言っても許されるのか？

「あなたはね、何も考えてない。自分が、病気っていう暴力をふりかざしてることも知らないでしょ？　誰もが黙るしかない、暴力を」

朝子は言ってやったと思った。孝昭は朝子を見ているが、その目は、朝子を透かして、後ろにあるものを見ているようだった。

「どうして、こっちを見てくれないの？」

他の客が携帯で話しているのを遠くで聞きながら、朝子は、白米が躍っている土鍋を思い出していた。あの朝のように、コンロの火を消す力は、もう残ってなかった。

「いただくわ」

朝子は、ソイラテのマグカップに手をのばした。

朝子は、テーブルの上の白い封筒を見つめていた。肉親との縁は切っても切れないが、夫はもともと他人だ。一緒に困難を乗り越えたいと、いくら自分が思っても、相手に拒絶されてしまえば、もはや繋がるすべはない。一緒にいることでよけい孤独になるなら、別れてそれぞれの道を行った方が、お互いにとって幸せかもしれない。老人を看るのと違って、先は長いからこそ、考えなおすなら今だ。もう充分、人の面倒は見てきたし、そろそろ自分のためにだけ生きたって、誰もとがめはしないだろう。

「お席、空きましたので、どうぞこちらに」

店員の声に、朝子は顔をあげた。車椅子に乗った二十代ぐらいの女の子が、母親らしき女性と一緒にカフェに入ってきた。母親は案内されたテーブルに、慣れた手つきで車椅子を寄せると、店員からメニューを受け取り、何にしようか？　と娘と見ている。朝子は、テーブルの上に視線を戻した。むくわれても、むくわれなくても、人は人を助けなくてはいけない。それはわかっている。わかっているが、やはり自分には、荷が重すぎるのだ。ギブアップして、全てを終わらせようと、朝子は結論を出した。

しかし、独りで生きていく具体的なイメージがあるわけでもなく、離婚したその先のことは、あまり考えたくなかった。友人に相談しようかとも思ったが、やめた。結婚自体が目的で結婚するように、離婚だって、とにかく離婚することが目的で、先を考えずに実行してもいいはずだ。結婚と同じように、どうにかなるものだ。でも、先を考えないで結婚したから、こういう結果になったのでは？　と自分に突っ込んでいると、

「最初に、兄を──」

相席している白髪の男が、急に言葉を発して、朝子は驚いて彼を見た。白髪の男も、車椅子の女の子に視線をやりながら、独り言のように朝子に言った。

「──兄を、体調が悪いと言う兄を、この病院に連れて来たとき、ここでカプチーノをね、ごちそうしたんです」

朝子は、シンパシーを感じる相手に、丁寧にあいづちを打った。

「その兄は、結局、亡くなったんですが」

男は、朝子の方を見て告げた。

「そうですか。それは……」

何と続けたものか戸惑いながら、朝子は遠慮がちに訊いた。

「こちらで、亡くなられたんですか？」

「ええ。ここでがんが見つかった時は、すでに手術もできないぐらい進行してて。でも先生は、最期までよく診てくれました」

礼を言うかのように、男はうなずいた。

「ホントにこの病院には感謝してます。このカフェにも。最後に兄とここで、ゆっくり話ができてよかった」

できるかぎり親身に、朝子は返した。

「そうなんですか。お兄さまもきっと喜ばれてたのでは……」

「今まで、ずっと言ってやりたかったことも、言えた」

彼の突然の冷ややかな口調に、朝子は自分の耳を疑った。

「若い頃から、ずいぶんと家族にも面倒をかけた兄でね。いい機会だから、ここで彼に言ってやったんです。『兄さん、あんたは若い頃から好き勝手に生きてきたけど、その自由は、誰かの犠牲の上に成り立ってたことを、知らないだろう?』って。『いつだって私は、あんたの頑固さにふりまわされて、尻拭いもしてきた。あんたはわかってないがね。でも、家族だから、最期まで面倒は見てやるよ』って、言ってやった」

あっけにとられて朝子は相手を見たが、白髪の男は、穏やかに微笑《ほほえ》んでいる。

「兄はしばらく黙ってましたけどね。『ありがとう』って、最後に言いまして。その言葉を、兄から聞くのは珍しいことで」

満足げな男は、少し前かがみになると、低い声で朝子に囁《ささや》いた。

「あなたも……あまり犠牲にならないよう。家族ほど、病人ほど、恐いものはない」

口は動いているが、その声は違うところから聞こえてくるようで、朝子は背中がゾクッとした。言葉が出ない朝子に微笑み、白髪の男は姿勢を正すと、残っているカプチーノを飲み干した。

「兄が亡くなったら、今度は自分が病気になっちゃって……病院通いですよ。なんだかねぇ」

さて、と仕事が済んだかのように息をついて、彼はゆっくり腰をあげた。

「どうも、助かりました。お先に失礼します」

爽やかに会釈をして、ありがとうございました、という店員の声とともに、白髪の男は、病院とカフェとの境界線を踏んで店を出て行った。通り魔に出くわしたかのように、朝子の胸は鼓動を打ち、それが落ち着くまでしばらく時間を要した。

このカフェは……変な人ばかりいる。

朝子は心の中で呟いた。でもここは病院だから、しかたがない。白髪の男も少し精神を病んでいるのかもしれないと思ったが、そういう自分も、ソイラテを夫の顔にぶちまけたことを思い出した。

「病院のカフェなんて……入りたくもない」

とも言った。なのに、またここにいる。彼らに負けず、変な人ではないか。笑顔で恨みを語るあの白髪の男と、自分に、何か違いはあるだろうか？　差込む太陽の向きが変わったせいか、冷めきったカフェラテの横にある白い封筒が、しらじらしいほど白く、朝子の目に映った。

3

孝昭は、便所から出られなくなっていた。日常的に腹を下しているので、便器から離れられないことはよくあるが、そういう意味ではなく、本当に個室のドアのカギが壊れて、そこから出られなくなっていた。公園の公衆トイレに飛び込み、重さのある円形のカギをかけたとき、何かひっかかるような感触があって、ちょっと気にはなったのだが。用を足して、さて出ようとしたら、それが一個の金属の塊になってしまったように、ビクとも動かない。冗談のような状況がにわかには信じられず、最初は笑みすらこぼれたが、次第に自分の表情が真剣になってくるのがわかった。複数の靴跡がうっすらと残っているタイルの床に、和式便器はお馴染みの形で、ぽっかりと口を開けている。その横のわずかなスペースに立ち、孝昭は、上を見上げた。ドアの上は広く開いているし、最近は公衆トイレも防犯のためか、夜でもドラッグストアのように照明が明るい。かつてのような陰鬱さはないが、屋根にあわせて三角形に切りとられた換気窓から見える公園の闇は、逆に強調され、底のないブラックホールのようだ。

「どうすっか……」

しかし臭いだけは昔と何ら変わらず、防犯上安全であっても長時間いたい場所ではない。ドアの上に手をかけて乗り越えて出るか、ドアに体当たりしてカギを壊すか……。実際、腹も下しているので、脱力している体でやるには、どちらもしんどそうだった。夜も十時過ぎに、自分はこんなところで、なにやってんだろうと、夢の中のように感じる。そのように感じるのは、今に始まったことではないが。考えてみれば、いつも、なんで自分はここにいるんだろうと、思い続けているような人生である。

爽やかな新緑の写真をバックにデザインされた、いかにもベンチャー企業的なホームページのトップから、『役員紹介』へと飛ぶと、セミナーで講演している孝昭の写真と、経歴が出てくる。

代表、藤森孝昭——西都大学政治経済学部卒。大学在学中にはゴルフ部で活躍。プロを目指すがケガのために断念し、専門商社『伊勢三』に入社。営業部でトップセールスの記録を作り、異例の速さで役職に就く。新たなチャレンジを求め、平成十六年に退社。中小企業を支援するコンサルティング会社『インプルーブ』を、共同経営者、故大黒友喜《おおぐろともき》とともに設立、現在に至る――。

見るたびに、誰だ、これは？　と自ら思う。孝昭に言わせれば、起業したのも、大学からの友人である大黒が、「ベンチャー企業をやる」と突然言い出して、自分はその計画に半ば強引に巻き込まれた、というのが正しい。その大黒は、三年前に雪山で亡くなってしまったので、順当に孝昭が代表取締役を引き継ぐことになった。

大学でゴルフ部に入ったのもまた、大黒に誘われたからだった。けれど彼は、すぐにワンダーフォーゲル部に鞍替えして、同様に孝昭はそこに残されることになった。筋が良かったようで、コーチにプロ試験を受けるように言われたが、まさか本気でプロになる気などなかった。試合の前になると緊張して下痢が止まらなくなり、試合中にもらさないだろうかと、コースに出るのも苦痛でしかなかった。腰痛の症状も出てきて、それを良い理由にして退部したが、すでにあの頃から潰瘍性大腸炎だったのかもしれない、と孝昭は最近になって思う。

「普通が一番」

母親の口癖が刷り込まれていたせいか、自分は平凡な会社員になると、孝昭は信じていた。仕事を身につけたら、結婚して子供を作り、郊外に一軒家を建てる。日曜は接待ゴルフか、庭の手入れをして、子供を連れて公園に行く。そんな保険のCMに出てくるような人生を送るもんだと、疑いもしなかった。当時は、就職活動も売り手市場で、のんびりとした雰囲気の中、面接でゴルフの上達法などを余談で話したら、上役に気に入られて、そこそこ給料の良い商社に採用された。孝昭は営業の仕事にもすぐに慣れたが、たまたま同期に要領の悪いのが多くて、相対的に孝昭に「優秀」というイメージがついたのも幸運だった。

結局、二十代後半は忙しくて、結婚相手を探す暇もなかったが、稼ぎは増えて、Yシャツやスーツを買いに通っている百貨店のブティックの店員に顔を覚えられるまでになった。彼らと飲み友だちになり、あるとき紹介された、やはり有名ブランドの店舗で働いている女性と、つきあうことになった。それが朝子で、交際一年で結婚した。二人ともすでに三十を過ぎていたので、早く子供を作りたいと朝子は言って、孝昭もすぐにできるものだと思っていた。ところが、

「わたし、できづらい体みたい」

婦人科から帰ってきた朝子は、まだ飲み込めていないように孝昭に告げた。事実を知りショックを受けている彼女も、自分の人生は「普通」に運ぶものだと疑って

いなかったのだろう。ならばと、人工的に妊娠する手段を選んだが、それも確実にできるものではないと、さらに厳しい現実を知った。朝子は、心身ともにストレスがたまる不妊治療を続けたが、ついに四十になってあきらめた。孝昭も、気づけば管理職となっていたが、郊外の一軒家ではなく、四十を過ぎても二人で都内のマンションに暮らしているままだった。

不満も満足も、言葉にすることがない日々が過ぎ、ある日、大学時代から交遊を続けている大黒から、ベンチャー企業を一緒に立ち上げないかと誘われた。彼は大学のサークルを渡り歩くのと同様に、転職をくり返し、最近もわりと長続きしたIT関係の会社を辞めたばかりだった。もちろん孝昭は真剣に耳を傾ける気はなかったが、

「いくつか会社を渡り歩いて、おおむねビジネスってものがわかった。でも、これからの時代は、弱者の味方になって仕事をしなきゃいかんと思うんだ」

大黒が一応それらしいことを言うので、どのような内容のビジネスなのかと問い返した。ゴルフと山歩きで日焼けした肉厚の顔で彼は答えた。

「なんていうか、理不尽なこの社会で、冷や飯を食いながらも頑張ってる人たちを助けるようなビジネスで……どう助けるかは、考えないといけないんだが、とにか

く半分ボランティアみたいなことを始めて、そのうちにビジネスになればいいと思うんだよ」

と具体的には何も考えていないので、孝昭は半ば呆れた。昔から、理想は大きく、度胸もある大黒だが、楽観的すぎるのも心配だった。下手に行動力があるので、見切り発車をしないよう、孝昭は忠告の意味もふくめて、

「半分ボランティアであっても、やはりビジネスにするならおさえておかなきゃいけないポイントがいくつかある」

つい口を出してしまった。その志をもし実現するのなら、というあくまでも例えばの話で、具体例を出してアドバイスをしてやると、

「なるほど！　孝昭、おまえはすごいな。おれがやりたいのは、まさにそれだよ」

と大黒は大いに喜んで、懇願するように付け加えた。

「でも、お前みたいな人間がいて、そうやっておさえるところおさえてくれないと、うまく行かないだろうな」

そして、真っすぐ目を見て言ってきた。

「なんか手応えのない毎日だと、お前いつも言うじゃないか。新しいことしなきゃ、それは得られんよ」

結局、うまいこと乗せられて、孝昭も二十年近く勤めた会社を退社した。これには、周囲の人間はかなり驚いたようだった。朝子はというと、あなたがやるなら大丈夫でしょう、と大黒と同じことを言って、反対はしなかった。

大黒の理想と、孝昭のサポートで生まれた会社は、順調に走り出し、メディアでも紹介されて、予測していたよりも早くから収益も上がるようになり、一時は、注目ベンチャー企業ランキングの上位に現れるまでになった。孝昭を選んだ大黒は正しかったわけだ。

『商社にいた時、中小企業の多くが、素晴らしい技術や商品を持ちながらも、資金繰りに困っている現実を見てきました。変革にも維持にも必要なのは資金です。日本を根底で支えている中小企業を元気にするお手伝いをしたい。その思いから、公的融資や助成金などを活用した資金調達のノウハウを提供し、机上論ではなく、実質的サポートをする経営コンサル会社の設立を思いつきました』

ホームページの藤森孝昭は、偉そうに語っている。それは確かに孝昭が言った言葉ではある。しかし、根本的な発想はやはり大黒のものだから、どこか借り物のように聞こえる。大黒の会社だという意識が今もぬけないので、部下に「社長」と呼ばれても聞き逃すことが多い。大黒がいなくなってしまったのに、おれはこんなところで、なにやってるのだろう、というのが正直な心境だ。

大黒が山で亡くなったと知らせを受けたとき、孝昭を始め、彼の性格を知る人間はあまり驚かなかった。大きな山を目指す度胸はあるが、その楽天的な見積もりは、いつか命とりになるだろうと、誰もがどこかで感じていたのかもしれない。しかし、自信に満ちて進む彼を、止めようとも、止められるとも誰も思わなかった。彼は何を思って死んでいったのだろう、と最後に会ったときより老けたように感じる、大黒の遺体に霊安室で対面して孝昭は思った。全ては自分が選んだ道だと、その結果だと、彼は認め、後悔はしなかっただろう。それは、間違いない。

それに比べて、自分は彼と真逆だと孝昭は思う。人のビジョンを具体化することはできるのに、自分が行く方向が、わからない。いつも仮の道を歩んでいるような感覚で、人に巻き込まれ、なんとなく流れのままに今がある。

「おまえは、本当のところ何を考えてるかわからない」

大黒が首を傾げて孝昭に言ったことがある。彼はそれに返した。

「おれも、わかんないんだよ」

なんだそれ、と大黒はまったく解せないという顔をした。

「こう見えておれは、すごく面倒くさがりなんだ。何より、自分のことを考えるのが本当に面倒なんだ」

わかってもらえるかわからないが説明した。自分のことを語りたがる人間は多いが、それは孝昭が最も不得意とすることだ。自分について考えるのが、本当に面倒なのである。しかし裏を返せば、それはどの型にも自分をはめこみたくない、常に保留にしていたい、腹をくくりたくないということだ。そんな自分は実は誰よりも欲が深く、また無責任な人間なのではないかと、言葉にはしないが自身でも感じている。

だから、母親が言った「普通が一番」という言葉に、改めて共感する。選ばなければ、求めなければ、普通の人生だってやってこないのだ。自分がなんたるかを決めて、欲して、その目的のために頑張る。そのように普通に生きるのは、意外にも難しいのだ。


ダン！

孝昭は勢いをつけて、公衆便所の扉に、右の肩からぶつかってみた。予想より、地味な音が響いただけで、扉もカギもダメージを受けた感触はなかった。よく見れば、内側に開く扉であるから、全くもって無駄な行為だと彼は気づいた。幽閉されている実感が増したが、便器が側にあるという安心感が、まだ孝昭を落ち着かせていた。彼は、開かない扉によりかかった。最悪、近所の公園のトイレに幽閉されている、と朝子に電話して、来てもらうしかない。体調が悪いのになんで家に帰らないで公園なんかにいるのだと、怒られることを思うとあまり気がすすまないが。孝昭は換気窓の黒い三角形を見つめた。

とはいえ、もし二人に子供がいたなら、おそらく、朝子も転職に反対し、起業に投資する金やエネルギーを、郊外に建てる一軒家や、子供のために費やし、孝昭が想像していたような普通の人生を送っていたかもしれない。朝子が、今の生活をどのように思っているかは、孝昭にはわからない。不妊治療をあきらめた朝子は、フラワーデザイナーの資格を取って、臨時の講師で教えたりしていたが、次第に実家に足を運ぶことが多くなっていった。孝昭が忙しいから寂しいのだろうと思ったが、やはり彼女も「普通の家族」の思い出を求めて、そこに戻っているような気もした。親が弱っていくにしたがって、朝子が献身的に介護するのを見て、母性本能がもたらす「世話をする能力」を、そこで発揮しているのかもしれないとも思った。孝昭は、それを快く感じなかったが、実家に行くなとも言えなかった。

孝昭が、いつも仮の人生を生きているような感覚でいることも、朝子が両親との依存関係を深めていった要因の一つであったかもしれない。二人の家庭からは、ますますビジョンが、なくなっていくように感じた。夫婦二人だけでも、連帯感を持つことは可能だ。子供がなくても家庭的な雰囲気を作り上げている夫婦はいくらでもいる。逆に、孝昭と朝子に子供がいても、孝昭の「なんでこんなところにいるんだろう」という感覚が、はたしてなくなっていたかというと、それも定かではない。会社でも家でも、地に足がついてないような自分を、孝昭は申し訳なく思っている。だから自分なりに気をつかって今まではやってきたのだが。最近は、それもできなくなってきた。

まさか自分の体まで、他人のもののように感じるようになってしまうとは……。ひどい腹痛と頻繁に起きる便意、そして腸からの出血。我慢も、ごまかしもきかず、自分の意思を無視して体だけが暴走し続ける。原因は不明で、自分の腸壁を「自分ではないもの」と勘違いし、排除しようと自ら破壊して、炎症を起こしているという！　花粉症なら、花粉という引き起こしているファクターがあるが、それもない。ウィルスやがん細胞のような、体を蝕《むしば》んでいく敵の姿がそこにあるわけでもない。幻影と戦っているようなもので、そもそも相手がいないから、根絶も予防もできず、一時的に抑えても再発をくり返し、完治するのは難しいという。そんな話があるのだろうかと、孝昭は困惑し、憤った。免疫不全とざっくり言われても、ロジックで物事を読み解くタイプの孝昭には、納得がいかない病だった。他人の体を背負っているような違和感と、日々増していく苦痛。一つでも、病気を理解できる、なにか情報が欲しいのだが、どの病院に行っても、この病気が理不尽なものであるという事実は、変わらなかった。

「今は症状を抑える良い薬がたくさんありますから」

医師は口をそろえて、明るく励ますが、同時に完治するものではないと正直に付け加えるので、不安が残り、積み重なっていく副作用も気になる。おまけにその薬も効かないことがあり、薬をとっかえひっかえ試していると、懐疑的になってくる。そのように精神的にも終わりがないのが「難病」だと、自分が患って初めて知った。

行き詰まった孝昭は、西洋医学の世界で説明ができないのなら、そこはもう見限って、別の世界で理屈を探してやると、病を見る視点を変えることにした。いわゆる代替治療や、民間治療、国内外のもっと怪しい治療法であっても、自分を納得させてくれるものがあればと、その手の情報や本を読みあさった。予想どおり、病院で聞くことよりは、それらの情報には希望があった。病というものを、症状が起きているピンポイントで見るのではなく、広い視野から観察するので、「なぜ、そのようなことが起きるのか」という疑問にも、少なからず解答が与えられている。ようやく自分に起きている不可思議な現象の理由がなんとなくわかって、孝昭は一度はホッとした。とにかく原因を知りたかったわけだから、それがなんであれ、よかったのだ。墓のせいだと言われても、安堵していたかもしれない。

けれど、その手の治療法も、いざ試すとなると、次第に満足がいかなくなってくるのだった。病というものを大きな枠でとらえているからこそ、その解答も、漠然としている。たとえば、もともと体が冷えやすく血の巡りが悪い体質であるとか、自分の体質に合っていないものを食べてきたせいであるとか、親の代から摂取してきた化学物質が免疫機能を壊しているとか、一般には知られていない環境汚染のせいであるとか……。大きな枠だからこそ、それは複数の病気に共通しているし、治療法も根本から治すという、長い目で見たものである。生活習慣や、食べ物を変えて体質を改善していく治療や、古代から伝わる、自然や神秘の力を借りる治療法を、仮に続けたとしても、効果がいつ現れるか、その確約は西洋薬ほどない。今、我慢できない苦痛をどうにかしたい孝昭には、そのような治療に身をゆだねるのは、いささか悠長に思えるのだった。もちろん、それらの治療法でも即効性があり、ミラクルに効いたという成功例は（多くは疑わしいが）情報に付されている。

「お母さんもがんになってから、見るからに怪しいものに飛びつくんで驚いたわ」

朝子は苦々しく言う。確かに行き詰まった患者は、騙されているのかもしれないと思いながらも、ミラクルを期待してしまう。幻の地「ガンダーラ」があると信じて、怪しげな道を歩んでいく方が、希望がない現実を見るよりもいいと。大黒ならば、怪しくてけっこう、希望が何より大事だ、と言って迷わずそちらの道を選ぶだろう。じゃあ孝昭はというと……ここでもまた、どちらに進むか決めかねていた。

「カバン……！」

便所の扉から、ハッと身を起こして、孝昭は両手を見た。カバンがない。ない、ない、ない、ない。あるはずもない狭い個室を見まわした。どこに置いてきてしまったのだろう？　しまった、ベンチだ！　公園の池を望むベンチに、先ほどまでぼんやりと座っていて、急に便意をもよおしてここに飛び込んだのだが、そこに置いてきてしまった。財布もスマートフォンもその中だ。なんてことだ、と孝昭は、今度こそ頭から血が引くのを感じた。とたん孝昭は扉に向き直り、上部を両手でつかみ、取手の部分に足をかけ、それを登ろうとした。しかし革の靴底ではすべって、足がかからない。以前より体重が減っているとはいえ、自分を上まで引き上げる腕力もないことも、ぶら下がってみてわかった。ほこりだらけの扉の上部をつかむだけでも、指に耐えられない痛みが伝わってきた。そのぐらいで紫になっている自分の両手を、孝昭はため息をついて見つめた。病気に関係しているのか、最近はちょっとぶつけただけで内出血してしまう。孝昭は革靴の足を見下ろして、靴を脱いで裸足《はだし》になれば、扉を登ることができるだろうかと考えたが……強烈な臭いを放つこの床で裸足になるのは、さすがに最後の最後にしようと思い直した。

「すみません！　誰かいませんか！」

孝昭は声を張り上げた。つもりだったが、思ったほど大きな声は出なかった。孝昭は、大きく深呼吸して、もう一度腹から声を出して、同じ言葉をくり返した。誰かが向こうから体当たりしてくれれば開くかもしれない。駆けつけてくれる人間の気配がないか期待して、耳を澄ましたが、静寂しか戻ってこなかった。

「すみません！　怪しい者じゃありません！」

「カギが壊れてて、トイレの外に出れないんです！　誰かいませんか！　お願いします！」

言葉にするほど、自分の状況があまりにマヌケで、孝昭は思わず笑いだした。助けを呼ぶのもバカらしくなってしまった。どちらにしろ、もうカバンは誰かに盗られてしまったに違いない。クレジットカードは、いくらまで盗難保険に入ってたっけ？　パソコンもスマホも暗証番号でロックがかかっているから、顧客の情報はすぐには流出しないだろう……なんて今の時代、考えが甘過ぎるか。

孝昭はまた扉によりかかったが、急に便意をもよおして、便器をまたぐと、ベルトに手をかけた。クソしてる場合じゃないのだが、頭と体は今のところ協力関係にないから、しかたがない。腸が収縮している痛みを感じながら、頭では顧客情報の心配が続いていた。だいたい代表にもなっている自分が、そのようなものを持ち歩いていることが間違っている。こっちも零細企業だからしかたないが、人に任すことをいいかげん覚えなければ。とはいえ、『ＪＮＳ』のようなことがあると、自らが出ていかないわけにもいかない。孝昭は目の前の壁に『うんこ、上等！』と、いたずら書きがしてあるのを見つめ、ＪＮＳの社長、田辺の顔を思い出していた。

「すみません」

ＪＮＳの社長田辺は、無表情のまま孝昭にも謝った。色々とお世話になったのに申し訳ありません、と。

「しかし、なぜ、どうしてですか？」

ＪＮＳを担当していた若い社員と同様に、孝昭も困惑して訊ねることしかできなかった。

「こんなに良い条件で借り入れができるのはまれなんですよ。他に助成金も出そうですし。それは将来的にも成長が期待される企業とみなされたからで――」

工場で働く二十数人の社員と同じ制服、ダークブルーの作業服を着ている六十過ぎの社長は、最後まで聞かずにうなずいて、

「申し訳ありません」

くり返すだけだった。半年前、孝昭の会社が中小企業の経営者に向けて定期的に開いているセミナーに、初めて現れた田辺は、やはり同じ作業服を着て一番前の席に陣取っていた。終始、孝昭の話を食い入るように聴き、広い額に汗をにじませて質問をいくつもしてきた。そして、厳しい経営状況にあっても設備投資できる可能性があることを知って、希望に満ちた表情を浮かべていた。

しかし今の彼の顔には、虚無しか見てとれなかった。クライアントによっては相談にのっているうちに急速に経営が悪化して、助成金をもらう前に倒産してしまう残念なケースも、もちろんなくはない。しかし、ＪＮＳの場合、受注生産している計器の精度も業界では評判が良く、助成金だけでなく銀行からも融資を受けられる

段取りがついていた。田辺もたいへん喜んでいたそうだ。ところがしばらく連絡が途絶え、突然、会社を畳むので、今までのアドバイス料を払っておしまいにしたいと言ってきたという。ＪＮＳを担当していた社員も、意味がわからず困惑していると聞いて、孝昭はセミナーのときから印象に残っていたクライアントだったので、自ら話を聞いてみることにしたのだった。

「表情も変わってしまって、なんだか精神的にもおかしいような」

と、担当者が言うのもわかる。見た目にはわからないが、やっかいな病気にでもなったのだろうかと、孝昭は聞いてみた。

「失礼ですが、何か個人的な問題をお抱えになっているのですか？　私でよろしければ、お話を聞きますが？」

田辺はそれには答えず、職を失う社員に、できうる限り再就職先を見つけてやりたいので、その相談にのってくれないかと言う。その費用は自分が出すと。

「もちろんできるだけお手伝いしますが、その前に、なぜあきらめてしまうかを」

再度問う孝昭に、田辺は全てを拒絶するような表情で返した。

「私の会社ですから。やめるって決めたのだから、やめるんです」

孝昭は相手を見て、もうこれ以上は立ち入れないと判断した。この仕事をしていれば、良い会社であるのに倒産してしまう、という理不尽な展開にはさすがに慣れている。けれど、良い会社で、まだ充分可能性もあるのに自ら畳んでしまうというのは、そうないことで、理由もわからないから、どうにも理解できなかった。解けないパズルをやむなく引き出しの奥にしまうような感覚で、その一件は孝昭の中に残っている。

「潰瘍性大腸炎」と「ＪＮＳの社長」。どちらも、解決できないことが世の中にはあるという限界を、改めて孝昭に痛感させたものだった。その二つは重なり、孝昭は、しばしば自分の大腸の中にＪＮＳの社長がいるイメージを思い描く。なぜ、暴走するのだ？　と脳からいくら語りかけても、大腸は理由を語らずに、己を犠牲にする道に自ら進んでいく。

「こんなに自分が無力だと感じたのは、初めてです」

ＪＮＳを担当した若い社員は言った。私も同じだよ、と孝昭は返した。限りない情報が、いつでもどこでも手に入る時代に育った彼のような若い世代も、また、そのようなシステムを築き上げてきた孝昭の世代も、情報とロジックで、読み解けないものはないと、どこかで信じて暮らしている。世の中の出来事の全てを頭ではわかった気でいるが、それは幻想にすぎない。生きている一人の人間――禿げ頭のオヤジに、「NO」とひとこと言われただけで、自分の無力さを知り、思考で造られた城は、一瞬で脆《もろ》く崩れる。生身の女の子に、ひと言「嫌い」と言われて、造り上げた幻想が崩壊し、受け入れられずストーカーに変貌してしまう男がいるのも、わからなくはない。頭の中の世界が大きくなるほど、生身の世界で受けるダメージも大きくなる。

「世の中、どうにもならないこともある。それも経験だから。他の仕事をがんばりなさい」

踏まれた草のようになっている社員には言ったものの、実は一番引きずっているのは自分だ。体調が悪いと、よけいネガティブ思考になるのか、今まで良かれと思ってやってきたことが、全て否定されたような気分になる。大黒だったら、「そんなわけわからんやつは放っとけ、請求書だけ出せ」と言うだろう。彼は引きずらず、切るのもうまかった。しかし孝昭は、

「田辺さんの気持ちを変える方法が、何かあったはずだ」

と未だに流せず、頑《かたくな》にロジックで考えることにこだわっている。理屈が通じない暴走する敵、大腸の中にいるＪＮＳの社長を、理解することで自分のものにし、打

ち負かしたいのだ。しかし、病気もクライアントも、孝昭が思うように理解できないのが現実だ。

おまけに、ロジックを用いて戦おうとするほど、病を頭で理解しようとすればするほど、体調は悪化していくようだった。しまいには孝昭が思考することも、敵は許さなくなってきた。孝昭は花粉症でもあるが、四六時中鼻水が出ていると、まともに思考するのも困難になってくる。それと同じようなことだ。鼻水が便に変わったようなものだ。花粉症よりも脱力感はひどく、心身ともにだるくて、気力がなくなり、思考も同じところをぐるぐるまわるだけになる。ただ、今日という日を過ごすだけで、エネルギーが使われてしまう。仕事場でも家でも、思考力が低下してきて、得意とする理屈の通し方も、乱れてきているのがわかる。

「病気があるからって、断ればいいでしょ！」

仕事先で断れず、すきやきを食べてしまったことを告白すると、朝子は激怒した。朝子は孝昭のために、腸に負担をかけずに栄養を摂れる食事を調べて、それを淡々と作り続けている。自分の両親の面倒だけを見て、病気になった夫の面倒を見ないわけにはいかないという「理屈」で、彼女もまた動いている。彼女は健康だから、思考と道理に、ゆるぎがない。孝昭も彼女の言うことはもっともだと思うのだが、もはや思考するエネルギーもないのが現実だ。

「食事を気にしすぎてストレスためる方が、かえって腸によくないって言う医者もいる」

とっさに自分でも説得力がないと思いながら言って返して、朝子の顔がさらに歪むのを見ることになる。素直に謝ればよかったのだと気づくのは、たいがい後だ。本当に彼女には、申し訳なく思う。両親が逝って、ようやく彼女も独り立ちする時が来たのに、夫がこんなことになるとは。こんな男、どっかに捨てたいと思っているに違いない。しかし、道理から彼女もそれができないでいる。あまり無理させると、彼女まで病気になってしまうのではないかと心配になるが、だからといって自分から何か行動に出る気力は、もはやない。起きて、会社に行って仕事をして、帰ってくるのがやっとだ。家にいれば、体力のある朝子がロジックで攻めてきて、それに合わせて思考するのもつらいので、こうやって近所の公園のベンチで一、二時間、ぼんやりと過ごす……。大腸の中でＪＮＳの社長が、勝利の微笑みをたたえているのがわかる。

「完敗ですよ」

孝昭は彼に言った。

ペーパーホルダーに紙はなく、ポケットからティッシュを出して、すっかり感覚がなくなっている肛門を孝昭は拭いた。同じように脳も、感覚がなくなってしまったように、ただボーッとしている。汚れている床に裾が触れてしまったスラックスを上げて、今日おろしたばかりなのにクリーニングに出さなくては、とベルトを閉める。孝昭はため息をつきながら、靴の先で水洗ボタンを押して、水を流すと、個室の扉を開けた。

開いた。

孝昭は、啞然と開け放された扉を見た。なんてことない、円形のカギを逆にまわして、開かない開かない、と騒いでいたのだ。他のことを考えながら無意識に開ければ、ちゃんと正しい方向にまわしていた。

「アホだなぁ！」

孝昭は、思わず自分を笑ったが、そうだ、カバン！　と思い出して、カバンを置き忘れた池のほとりのベンチへと駆けていった。

孝昭のカバンは、飼い主を待っていた犬のように、ベンチの端にちょこんと置かれたままだった。財布も携帯も、奇跡的に盗られていなかった。日本ってなんていい国なんだろうと、孝昭は思いながら、それを胸に抱え、駅の方へと歩き出した。

公園から出たすぐのところに、シアトル系のカフェがあることに気づき、ここのトイレに入ればよかったと今さら思った。朝子がここのシナモンロールが好きなのを思い出したが、それを自分が買っていくことが、彼女の道理に沿っているか沿っていないか、やはり思考する気力がなく、やめた。

公衆トイレから出たら出たで、また現実が、どっと孝昭に重くのしかかってきて、足取りは次第に重くなっていった。

「あのトイレは……けっこう、よかった」

思わず孝昭は呟いた。全てから閉ざされて、あの状況は実は快適だったと、出てみてわかった。必然的に、何もできないのがいい。トイレの外には考えなくてはいけないこと、やらなくてはいけないこと、決めなきゃいけないことが多すぎる。刑務所に入りたくてわざと罪を犯す者がいるというが、わからなくもない。トイレの外にいても、あのようにトイレに幽閉されているような、現実から隔離された気分でいられたら、どんなに楽か。個室トイレをかぶって歩くわけにもいかないが……。賑やかに沸く居酒屋やお馴染みの牛丼屋が並ぶ駅前の道を歩きなら、孝昭はぼんやりと思った。

そのとき、ＪＮＳの社長の顔が再び浮かんだ。さらに、トイレの個室の洋式便座に、彼がこちらを向いて座っているところを想像した。彼は個室の中から、無表情でこちらを見ていたが、手をのばして扉を、バタン！　と思いきり閉めた。

瞬間、孝昭はがってんがいった。ＪＮＳの社長も、おそらく孝昭と似たような状況に、なんらかの行き詰まっている状況にあったのだろう。彼も病気だったのか、それとも言えない経済的なことか、家族に犯罪者でも出たのか、それはわからない。とにかく、理屈ではどうにもならない状況に、彼も追い込まれていた。そして最後に見つけた唯一の解決方法が、「自らを閉ざす」というものだったのかもしれない。だから、あのような虚無的な顔をして、全てを拒絶していたのだ。彼は現実を生きながら、トイレに閉じこもるすべを得たのだ……。

自分に残されているすべも、それしかないのかもしれない。

孝昭は、足を止めた。人が途切れることがない駅ビルの出入口をしばらく見つめていたが、心を決めたように、自宅のマンションがある方向へと、踏み出した。


月曜の早朝から、予告どおり一連の検査があり、女性の看護師は血圧計などの器具を手早く片付けながら、担当医の診察は午後になります、と孝昭に告げた。問題がなければ、今日から点滴を入れて、いよいよ絶食生活に入るようだ。看護師がナースカートを押して去ると、孝昭は携帯でメールを確認したりしていたが、落ち着かず、ソイラテの染みがついたままのカーディガンを羽織って、病棟を出た。

サンダルを履いている足は、ロビーへと向かっていた。週明けの午前中であるから、いつにも況《ま》して外来患者で混雑していて、カフェもさすがに繁盛していた。孝昭はカウンターの中を見やったが、昨夜の店員は二人ともいないようだった。ソイラテを朝子がぶちまけたあと、ちゃんと自分が謝ったかどうか記憶になく、片付けるのも大変だったに違いないと後から気づいて、改めて謝罪しようと思って来たのだが。他の店員に謝っても、わけがわからないだろうと、出直すことにして、店に背を向けた。が、またきびすを返した。罪悪感の償いに、何か買おうと思ったのだ。絶食に入る前に、熱い紅茶を一杯ぐらい飲んでも、怒られはしないだろう。レジに並んで、ティーのSサイズを注文し、一応テイクアウトの容器にしてもらうと、運よく大テーブルの席が空いて、孝昭はそこに座った。その席は、「ここのコーヒーはカラダにいい」と独り言を発する男が座っていた席だと思い出した。彼にも謝りたい、と思った。飲み物をぶちまけたのも、暴言を吐いたのも朝子だが、彼女を怒らせたのは自分だから。

公園でトイレに閉じ込められて以来、「自らを閉ざす」という逃避テクニックを身に付けた孝昭だったが、朝子がそれにも不満を抱いているのはわかっていた。おそらく自分は、JNSの社長と同じような表情をしているのだろう。しかし、他に方法がないのだ。朝子の人生を台無しにしたダメな夫は、彼女になにを求められても、それを理解する力も、応える能力もない。だから、「閉ざす」しかないのだ。「閉ざす」ことを覚えてから、気が楽になったのは確かだ。治療に関しても、自分の「外」で行われていることにしかすぎない。西洋治療でも自然治療でも、矛盾があろうがなかろうが、もうなんでもいい。自分の身体は「外」にあって、遠いところに感じれば、執着も生まれない。痛みも苦しさも、もちろん消えるわけではないが、それについて考えることを放棄しただけで、ずいぶんと救われたように思う。身体はつらいが「トイレの中にいる自分」は、限られた空間の中で自由だ。全てから逃れた平和な場所だ。初めて安住の地を得たようにも思う……。普通ではない自分の人生は、ここまで来てしまったかと、熱くて飲めない紅茶を前にして彼は苦笑した。

「すみません、この椅子よろしいですか？」

孝昭が顔を上げると、ショートカットの女性が、彼の横の空いている椅子を指している。女の子は小学校一、二年生、男の子は幼稚園児ぐらいだろうか、二人の子供を連れていて、丸い二人掛けのテーブルにそれを足して座りたいようだ。

「ああ、どうぞ」

孝昭は返した。三十代前半ぐらいの母親は、子供たちを座らせ、カウンターに飲み物を取りに行って、戻ってきた。子供たちは各々与えられたジュースを手に持ち、すぐさまストローを口に飲み始めた。母親も子供たちに話しかけながらコーヒーを飲んでいる。三人の誰かが、病気なのだろうか、と孝昭は隣りのテーブルをチラッと見た。

「ママはお仕事に行くから、おばあちゃんちで待っててね」

母親の言葉に二人はうなずいた。男の子が退屈そうに体をくねらせて聞く。

「おばあちゃんち、電車で行くの？」

「車だよ。家に帰らないで、このまま車で行くの。ママはお仕事に行って、夕方また迎えに行くから」

「ごはんは？」

女の子が聞いた。

「おばあちゃんと食べてね」

了解したように彼女はうなずいて、ストローを口に戻した。母親はスマホをタップしながら続けた。

「さっきおばあちゃんにメールしといたから。『さやか、お医者さんが驚くぐらい、注射がんばったよ』って。おばあちゃん、ご褒美にさやかが食べたいものを作ってくれるって」

「ハンバーグ！」

男の子の方が割り込むように言って、母親に叱られる。

「たくやじゃなくて、さやかが、食べたいもの」

孝昭は、女の子の顔を盗み見た。ポニーテールの髪は茶色っぽくて色白で、色素が薄い感じはするが、今どきの子供は、こんな感じだ。これといって病弱な感じもせず、どこが悪いのだろうと思う。

「えー、たくやもー。ハンバーグとー、おすしがたべたいー」

ぐずり始めている男の子を母親はなだめて呟く。

「はいはい。たくやも疲れちゃったよね。今度は診察、午後にしてもらうから。木曜の予約に戻してもらえるかな」

病院に通い慣れている感じもするが、この小さな女の子に、持病があるというのだろうか。歳から考えても、病の原因は自分が招いたものであるはずがない。子供が病むという、その理不尽さは、大人の比にならない。自分を守るための希望も、絶望も、見つけられない子供は、その理不尽さを、どのように受け止めているのだろうか？　考えるだけでも重たく、孝昭はいつものように思考を止めた。つまり、内なるトイレに入って扉を閉じた。隣りのテーブルから聞こえてくる会話は、次第に遠くなっていき、親子連れはもう自分の「外」にいた。孝昭は、ちょうど良い温度に冷めている紅茶をすすった。

「さやかは、なに食べたいの？　おばあちゃんにメールするから、好きなもの言って」

　母親は、再び娘に問いかけた。

「さやかは、べつになんでもいい」

　女の子は答えたが、間をあけずに続けた。

「でも、まりあちゃんは、やきとりが食べたい」

　孝昭は、その言葉に、閉じこもっていたトイレから、再び外界に引きずり出された。母親は慣れている感じで、娘に返した。

「そう。まりあちゃんは、やきとり食べたいの？」

「まりあちゃん、皮だけのやきとりが食べたい」

「皮だけ？　まりあちゃん、おっさんみたいだね。おばあちゃんにメールしとく。鶏屋さんに買いに行ってくれるかな」

「それ食べたら、まりあちゃんは、今日は月に帰る」

「あっそ。まりあちゃん、いつから地球に来てたの？」

「さっき。あのね、診察室に入る前から、来てた」

「そう。じゃ注射がまんしてくれたのは、まりあちゃんなんだ？」

女の子はストローをくわえたまま、静かにうなずいた。

「たくやはね！　たくやは、やきとり、白いのきらい」

「白いの？　ああ、ネギね。わかった」

母親は話しながら淡々とメールを打っている。このような会話を日常的にしているのだろう。しかし孝昭は、さやかちゃんの発した言葉に衝撃を受けていた。

彼女は、「まりあちゃん」という、もう一人の自分を作り上げている。

それは、彼女にとっての「トイレ」なのではないだろうか？　さやかちゃんも、病気である自分を頭から排除したいがため、自分ではない、まりあちゃんになるのだとしたら……。ここまでさせるとは、病とは、いったい、なんなのだろう？　目頭が熱くなり、孝昭はいたたまれず、それ以上そこに座ってはいられなかった。立ち上がってテーブルを離れたが、飲みかけの紅茶を忘れたことに気づき、ふりかえると、さやかちゃんと目があった。

いや、「まりあちゃん」だ。

透明のプラスチックのカップの中には氷しか残っていないが、彼女はまだストローでそれを吸っている。その茶色い目は、こちらをじっと見ていた。孝昭は目を逸らし、女の子に背を向けてそこを離れた。彼はレジに向かった。レジの横に菓子の袋が並んでいたのを思い出したからだ。孝昭は、『ハンドメイド・クッキー』と書かれた、丸い月のようなクッキーが入った袋を選んで、買った。そして、親子がいるテーブルに戻ってくると、それを女の子に差し出した。弟がうらやましがるだろうが、これは彼女にあげたかった。

「まりあちゃんに」

孝昭は、やさしく言った。母親はギョッとした顔で、孝昭を見上げたが、女の子は持っていたカップを置いて、臆することなく両手でそれを受け取った。孝昭は微笑んで、幼い彼女に教えた。

「このクッキーはね、カラダにいい、クッキーなんだよ。だって、病院で売ってるクッキーだからね」

まりあちゃんは、笑顔で応えた。その笑顔に救われたのは、誰でもなく孝昭だった。

4

バイト先のカフェに、常連客だったウルメが現れなくなったばかりか、先週は、村上君まで欠勤だったので、大変心細かった。代わりに二日間シフトに入ってくれたのは、バイト歴が長い二十代の女の子で、仕事のやり方を、ああじゃなくて、こうじゃなくて、とやんわり正されて、ここは接待飲食店か、と思うぐらい私は疲れきった。このまま村上君が辞めてしまうなんてことになったら、一緒においとましようと、重い足取りで今週もカフェに来たが、開店前の薄暗い店に、頼もしい彼の後ろ姿を見つけた。

「おはようございまーす」

すでにエスプレッソマシンの調整を始めている彼は、フォームドミルクをテストに作っている。私もその蒸気に負けないぐらい、安堵の息を吐いた。

「ああ、よかった来てくれてー」

「先週はすみません。風邪ひいちゃって」

彼は言うが、まさか要領の良い彼が、風邪ぐらいでまるまる二日も休むなんて、素直には信じられない。

「嘘つくなら、もっと考えなよ。先週は、人殺して埋めてました、ぐらい言わないと」

「ブラックだなぁ。本当に風邪ですって」

彼はどこか、さっぱりしている顔で言った。

「自分、風邪ひいても薬とか飲まないし、ひたすら寝て治す人なんで」

言い回しは若いが、その治し方はなかなか昭和的だ。

「ヘタに薬で熱下げて出かけても、よけい長引くし」

ここがどこかを忘れているのか、大胆にも彼は言う。

「製薬会社の営業がいたら、君が埋められちゃうよ」

「かまいませんよ。ぼくは人類のために、ささやかな運動をしているんです」

村上君は、試運転を兼ねて作ったラテを、満足げにすすった。

「人類のために？」

「ええ。『ウィルスと人間の共生を支援する運動』です」

そのフレーズに思わず笑って、ちょっと待って、ゆっくりその運動について聞かせてと、私はユニフォームに着替えるためにバックヤードに入った。


開店十分前に準備は調ったが、待っているお客様もいないので、私もカプチーノを頼み、村上君は冷たいミルクをピッチャーに注いだ。

「風邪のウィルスは、温度が高いところでは増殖できません。だから人間の体の比較的冷たい部分、喉や鼻で増えて、それで炎症も起きるんですが、食い止められなかったものは、さらに中へと入り込む」

彼はエスプレッソマシンのノズルを浅めにミルクに沈めて、バルブを開けると、負けないよう声を大きくした。

「入ってしまったものはしょうがないけど、体内にウィルスが侵入するとマクロファージってやつが感知して、脳の神経に『通常より設定体温を上げろ』と働きかける。それが発熱です」

おなじみの甲高い音とともにミルクの温度も徐々に上がっていく。ふーん、と私はミルクを見つめた。

「体温が上がればウィルスは増えにくくなる。また、くしゃみや下痢も、体がウィルスを外に出そうとして起きる症状ですよね」

「人にうつすと治るってのも、なまじっか嘘じゃないのか」

「関節が痛かったり、だるいのも、体をわざと動かさないようにするためなんです。そのぶんのエネルギーを体温を上げたり、免疫細胞を活性化させる方に使いたいから」

それは知らなかった、と感心して私は返す。

「極力ウィルスを増やさないようにして、敵の勢力を抑えている間に、体は抗体を作る。だから、風邪のときはつらくても、くしゃみとか下痢して、静かに寝てるのが一番なんです」

村上君はバルブを閉めてスチームを止めた。

「ウィルスが減ってきたら、『もう体温を下げていいよ』と脳から指令が出る。風邪の後半で、ダーッと汗が出るのは、冷やしてもとの体温に戻すためなんです。あとは抗体が戦ってくれますから。本当によくできてますよね。ウィルスや菌から身を守る能力を、ぼくたちは本来、持ってるんです」

私はマイタンブラーに、自分でエスプレッソを抽出して、彼がその上にミルクを静かに注いでくれた。村上君が、こんな話をするとは意外で、私は彼の横顔をまじまじと見た。

「さっき言ってた、『ウィルスと人間の共生を支援する』っていうのは？」

「ウィルスや菌も、生活かかってるから、全力で人間に寄生しようとするけど、本来エボラのような人間を殺してしまうほどの極悪ウィルスは、ごく少数派なんです。だって人間を皆殺しにしちゃったら、自分たちも居場所がなくなって、一緒に滅んでしまうわけで。それは得策じゃない。長い歴史の中で、ウィルスと人間は、ほどほどに許容しあうことで、互いに破滅的なダメージは与えず、仲良く共存してきたんです」

イマドキの男子は草食系というけれど、彼はそれをも超えている。虫を踏んで殺さないよう、箒《ほうき》で前をはきながら歩くインド僧みたいだ。

「その共存関係が、薬を使うと崩れると？」

私は先を読んで訊いた。僧は、茶道のようにカプチーノを静かに差し出して、うなずいた。

「残念なことに、ウィルスの方が進化の速度は速いんです。人間がウィルスを叩けば叩くほど、生き残る道を探してさらに進化して、よりパワーアップした極悪非道な種が、生まれかねない。それに対して人間は、未だに原始の頃とたいして変わらない体ですからね。新しい驚異に対抗する機能を、急に備えることはできない」

「最近の若い子は足長いけど、もっと他のところを進化させた方がいいよね」

「逆に、薬を使うほど体が本来持っていた機能を失って、自力では闘えなくなる」

「進化には時間がかかるけど、後退するのは簡単か……。新しいことは覚えないけど、忘れるのは早いもんね」

　私の言葉に彼はうなずき、

「ここまで進化したのにね。自然のサイクルを壊すことで、結局損してる。だからぼくは、長い歴史と自然が生み出した素晴らしい共生関係を失わないよう、ささやかな支援として、死なない程度の熱なら、薬は飲まない。人類のため地球のために、風邪のときは家で寝てます」

　と胸をはって宣言した。なるほど、と私はカプチーノの甘いミルクの泡を一口飲んだ。インド僧というより、ある種の環境保護活動家かな。私服はアイドルみたいなのに、と思いながら時計を見ると、開店まであと五分。土曜日は一部外来もあるけど、ここから見える範囲ではロビーもゆったりとした空気が流れている。先週入ってくれた女の子がいたら、お客様がいなくてもやることあるでしょ！　と怒られ

そうだが、

「じゃあ、村上君は、まったく薬は飲まないの？」

私は問い返した。彼はちょっと困ったように首を傾げて、腕を組んだ。

「んー、厳しい質問だな。極力、人が持ってる自然治癒力を使いたいと思ってはいるんですけど……花粉症は耐えられないので、薬、飲みます」

語るわりに一貫してないゆるさは、やはり若人である。

「ま、アレルギーに関して言えば、ウィルスと違って、敵がよくわからないということもあるので」

彼は言い訳するように言った。

「敵は、杉花粉なんじゃないの？」

「杉花粉も、小麦も、ピーナッツも、敵ではないですよ。ウィルスとは違う。それは本来、人間に危害を与えるものじゃないし、全く反応しない人間もいるんですから」

私はレジ横に並んでいる、ナッツをたっぷり頭にのせたマフィンを見た。

「敵じゃなかったら、なんでくしゃみや、発作が起きるの？」

「防御システムの方が、壊れてるってことですよね、たぶん。火事じゃないのに、スプリンクラーが誤作動して水が出ちゃう、みたいなことだと」

免疫疾患か、と私は心の中で呟いた。アレルギーにしろ、がんにしろ、それにやられて深刻な問題を抱えている人はまわりにも多いし、他人ごとでもない。

「敵は、ぶっ壊れてる自分なのか……」

呟くと、理解を得られた村上君は、そういうことなんです、と嬉しそうに返す。

「風邪で鼻水が出るのと、花粉で鼻水が出るのは、根本的に問題が違うんです、まあ、後者の場合、問題は複雑なんで、薬を使うのもいたしかたないかなと……」

しかし、その言い訳だけでは私は納得できず、同意するのは保留にした。

「村上君、きみの話だと、アレルギーの症状は、火災報知器が誤作動している状態だというんだよね？」

私は天井を見上げたが、それらしきものは見あたらなかった。このカフェ、大丈夫だろうか？

「つまり、まったく危険ではないエスプレッソマシンのスチームを、煙だと勘違いして反応しちゃう、ってことでしょ？」

エスプレッソマシンのノズルを私は指した。

「じゃあ、そもそも、その免疫システムが、防御するはずである『煙』は、なんなの？」

「えっ？」

「つまり、花粉で誤作動してしまっている君の『免疫システム』だけど、本来は花粉でなく、『何から』君を守るためのものなの？」

村上君は私を見つめて返した。

「さすが作家！　相田さん、するどいですね。この話をして、そこまで突っ込んできてくれる人は、そういません」

作家はよけいだが、私は付け加えた。

「それも開店五分前の、慌ただしい時間にね」

彼は笑ったが、引き続き、解説口調で返してきた。

「これがまた面白いんですけどね。何のために人間がそれを持っているのかは、驚いたことに、まだ、いまいちわかってないみたい。とはいえ諸説あって、今のところ有力なのは、『害虫や、寄生虫から身を守るときに、使われていた免疫システムだった』という説みたいですけど。それだけじゃ、説明できないようなことを、ぼくが大学で習った時点では言ってました」

「そんな、よくわかってないものを持ってるんだ、私たち」

「どちらにしろ、古い時代には必要だったけれど、いらなくなってしまった機能なのかも。でも、本当に不必要なものなら、自然淘汰されてなくなるはずですから。逆に、それが必要になる時が、また将来、来るのかもしれませんね。実は、最後のバックアップシステムなんじゃないか、っていう説もあります」

「最後のバックアップシステム？」

「人類が持っている全ての免疫機能が完全にダメになったときに、出動して、体を守ってくれるもの、かも、しれないという説です」

じゃあ、アレルギーの人は『たぶん使うことはないけど、もしかしたら、命を救うすごい機能になるもの』を、持ってるってこと？　私が口を開きかけると、村上君が、

「おはようございます、いらっしゃいませ」

女性のお客様が入口からのぞいているのに気づき、笑顔で声をかけた。私も慌ててカウンターの外に出て、病院との境界にあるパーテーションポールを片付け、

「おはようございます、お待たせしました」

開店時間ジャストに、お客様を迎えた。

午前中の外来を終えた人や、見舞い客などで、ランチタイムはほどほどに客入りがあったが、三時を過ぎた頃には、いつもの静けさを取り戻した。短い休憩をバックヤードで取って、トイレから戻ってきた私は、二組ほどしか客がいないフロアを見やり、仕事にかかろうとしたが、あれっ、と思って、奥の席に座っている、中年の女性二人をふり返った。

「どうしました？」

私の反応に、村上君もそちらを見た。

「あれ、佐伯夏子先生だよ」

ワンピースのような部屋着に、手織もののショールを羽織っている一方の女性を見て、私は言った。

「知らない？　エッセイ、読んだことない？」

聞いたことあるかもと村上君。彼の年齢だとその程度かもしれないが、私などは彼女の新刊が出る度に、抱腹絶倒してページをめくった世代だ。

「あの感じだと、もしかしてここに入院してる？」

バイト中であることも忘れて、私がミーアキャットのように首をのばしていると、

「お知り合いなんですか？」

と村上君。一度、出版社のパーティーで挨拶をしたことはあるけれど、あちらはこちらを覚えてるとは思えない。

「私がファンだっていうだけよ」

佐伯先生が話している相手も、よく見れば顔を知っている。作家仲間の話にも良く出てくる、大手出版社の名編集者で、遠い昔、新人賞をもらったばかりの頃に私も名刺をもらったことがある。今に至るまで、執筆のオファーをいただいたことはないが……。彼女は職業柄、私のことを覚えているかも。わかんないけど。

「どうぞ、挨拶とかするなら、ぼくがレジを見てますから」

村上君にうながされて、私はハッと気づいた。エプロンをかけて、クロスを手に握っている自分は、どっから見てもバイトの人だ。百歩ゆずって店長に見えたとしても、一発屋の芸人が干されたのち、ラーメン屋の店長をしているのと、変わりない。どちらにしろ、干されてるか廃業していることを、このエプロンは表している。文筆業にまだ未練がある私は、ゴキブリのようにササッとカウンターの後ろにまわって死角に隠れた。

「どうしたんですか？」

「干されてるって、思われちゃう。いや、干されてるんだけど。これ以上、干されてる感を業界に伝えては、まずい」

「ああ、『こんなとこでバイトしてて、仕事ないんだな』って？」

「いや、ここの仕事は素晴らしい仕事ですよ。恥じてもいません……が、そう思われる」

「ぼくが、説明してあげましょうか？　週末だけ、気分転換のためにバイトしてるって」

　村上君は完全に面白がっている。編集者の彼女がこちらに視線を向けたので、私は、シーッと口に指を立てた。彼女は気づかず、また先生の方を向いたが、私も死角にずっと立ち続けているわけにもいかず、客席に背を向けて、カニ歩きで移動して、ケーキ皿を拭き始めた。二人の会話は残念ながら聞こえなかったが、打合せか、お見舞いだろう。それにしても、佐伯先生は最後に雑誌の写真で見たときより、ずいぶんと痩せていて、人間ドックなどではなく、ご病気で入院している可能性は高そうだった。

　私生活を面白おかしく綴る、底抜けに明るいエッセイを思い出せば、彼女は病気とは無縁に思われるが、大病したと聞いても、それも納得できる。作家だからという理由を超えて、好奇心に常に突き動かされる彼女は、興味を持ったものには、体当たりで突っ込んでいく。健康ブームが来れば、片っ端から健康法を試して、読者を笑わせる。おしっこ飲んだり、逆立ちしたり、土地買って、かるがも農法で稲田を作ったり。スピリチュアルが流行れば、日本中のパワースポットをめぐったり、風水グッズ集めたり、何かにつけてお祓《はら》いもしてもらってるのに……それでも、病気になっちゃうんだ。複雑な気持ちになるが、とはいえ、あのパワフルな性格で突っ走っていったら、いつかは身体を壊すかもしれない。それが彼女の売りでもあるからしかたないが、早いところご病気を治して、またエネルギーに満ちた作品を書いてほしいと、肩越しに佐伯先生を見て思った。ここでの入院体験も、笑えるエッセイになって上梓《じょうし》されるに違いない。

「楽しみにしてます」

隠れながら、私はエールを送った。入院していた病院のカフェに、売れない作家がバイトしていたという事実が加われば、そのエッセイは、さらに面白いものになるかもしれないが、そこまで他人の作品に協力する必要はないだろう。

「いらっしゃいませ」

村上君の声にビクッとして入口を見ると、こういうときにかぎって面倒なの、常連のゲジデントがパンカパンカと入ってきた。

「いらっしゃいませ」

私は、明らかに小さな声で言って、うつむきかげんでレジの前に立った。彼はいつものように腕まくりした毛深い腕をカウンターにのせて、千円札をヤクザのようにバンと出した。

「えーとね、あ、今日は、テイクアウト!」

そんな注目を引くような大きな声を出さないで、って。いつだってテイクアウト仕様にしてるじゃないか。

「どうしよっかな。うーんと……ま、いいや、カプチーノのMね。ショット追加」

いちいち長いし。私はフロアの方を気にしながら、小声で注文を復唱した。

「……カプチーノの……。温か…もので…ろしいですか?」

「えっ、なに? もう一度言って」

わざと聞き返してるとしか思えないゲジデントに、私は半切れして返した。

「ショット追加のカプチーノのMっ! いつもと同じ、ホットでよろしいですねっ!」

もう知らん、と村上君にも、通常の声でオーダーを通して、

「こちら、お釣りですっ、右に進んでお待ちくださいっ」

釣り銭とレシートを乱暴に手に押しつけられて、ゲジデントは私の顔を見ていたが、提供口へと進んだ。ほーら、あんたのせいで気づかれちゃったじゃないの。編集者の彼女が、じっとこちらを見ている。そして、佐伯先生に何か言って、佐伯先生まで首をのばしてこちらを見ている。ああ、もう、完全にバレた。エッセイに書かれる。業界の人がそれ読んで、さらに干される……と、うなだれていると、

「あのさ、君さ」

なんとゲジデントが、まわれ右して戻ってきた。クレームでもつけようというのか。出版界の大御所二人の前で、これ以上、私をさらしものにしようとする、このニセ医師野郎は、私にいったい何の恨みがあるのだろう。

「なんでしょうか？」

私は、ヤクザな相手に負けじと、眉間にシワをよせて見返した。

「あのほら、黄緑のジャンパー、最近ここに来てる？」

はい？　私は眉間のシワをさらに深くして返した。

「ほら、いつも日曜の夜にここにいる。独りでブツブツ言ってる人」

それってウルメのこと？　私の眉間のシワは解かれていた。

「ああ、あの、いつも本日のコーヒーを水で薄めて飲む、お客様のことですか？」

意表をつかれ、おもわず変な返答をしてしまった。ゲジデントは、私の言葉に笑って、

「それは知らんけど。小柄の、黄緑のジャンパーの」

私はうなずいた。ウルメに違いない。

「ここ最近は、いらしてないですね」

私は村上君の方を見た。彼も話を聞いていたようで、同意を表して首を横にふった。あっそう、とゲジデントは素っ気なく言って、村上君からカプチーノを受け取った。私がもの言いたげにゲジデントを見つめていると、彼は言い訳するように言った。

「いや、最近、見ないなぁと思って」

ウルメを、心配している？　意外な出来事に、改めて相手を見た。なんでか、嬉しかった。

「あれ以来いらしてません。女性のお客様に『それ、普通のコーヒーです』って言われてから、いらっしゃらなくなりました」

なので、また余計なことを言ってしまった。

「旦那に飲み物ぶっかけたおばさんね」

ゲジデントも思い出したらしく、フッと乾いた感じで笑った。

「でも、普通のコーヒーだもんな」

私の眉間にシワが戻った。一瞬でも、この人に好意を持った自分がバカだった。

「普通のコーヒーで、申し訳ございません！　普通のコーヒーですから冷めないうちにお召し上がりくださいっ」

もはや、バイトが客に対して吐く言葉ではない。ゲジデントも、ギョッとしている。さすがに心配して、村上君が私の背後に来たので、私は目が笑っていない笑顔で、ありがとうございました！　と言い放ち、レジを離れた。自分の店のコーヒーにえらく自信を持っている店員が、バカにされて怒ってるみたいだが、そういうことではない。なんだか腹立たしいので、さっき拭いたばかりのテーブルを、クロスでまた拭いてまわっていると、ゲジデントは店を出ていったようだった。私は鼻息を吹いて顔を上げ、返却口でゴミを分別しているお客様が見えたので、

「ありがとうございます。こちらでやりますので」

トレーを受け取ったら、それは編集者の彼女だった。ゲジデントに腹を立てていて、すっかり彼女たちのことを忘れていた。

「あっ」

「失礼ですが、間《はざま》りん子先生ですよね？　広栄社の安斎です」

編集者の彼女は、丁寧に私のペンネームに先生を付けてくれた。ここでそれを言われるのは死ぬほど恥ずかしいとは知らずに。

「あ、広栄社、安斎さま、でしたか。どうも、その節は。この度は、ご来店いただき、まことに……」

完全にうろたえている私に、安斎さんは落ち着いた態度で小さくうなずいた。そして囁くように言った。

「ごめんなさいね、潜入取材中でしょ？　佐伯先生も、感心してらっしゃいました」

彼女が示す方を見ると、佐伯先生はもう店から出て行こうとしているところだったが、私を見て、パチッと、ウィンクをなさった。あ、完全に、そういうことになってる。私は苦笑して、先生に頭を下げた。

「間先生の新作、楽しみにしております」

安斎さんは笑顔で一礼して、佐伯先生と一緒に去って行った。いえ、そういった予定はないんですが……っていうか、新作をご依頼いただけるなら、随時受付けておりますが？　心の中で呟きながら彼女たちを見送り、

「ありがとう、ございました」

どうにか声に出したのはそれだった。いっそ、バイトと思ってくれた方がよかったような気もする。かえってみじめな気分でそこに残された私だった。……しかし、ウィンクってものを、久しぶりに見た。

「相田さん、ぼく休憩に入りますんで。ソイミルクの補充お願いしていいですか？」

「……了解です」

あえて触れず、何事もなかったように、のびをしながらバックヤードに入っていく村上君の後ろ姿が、インド僧を超えてお釈迦様のように見えた。

そんなことがあったせいか、その日は妙に疲れて、店を閉める頃には頭も重たく、下腹まで痛くなってきた。もしかしたら、村上君の体から追い出されたウィルスが、私の体に引っ越してきたかもしれない。彼の運動を支援するなら、私もこのウィルスを大事にしなきゃいけないのだろうかと、重い足取りで家に帰ってきた。

こういう時に限って、夫からも連絡がない。最近、彼の店が雑誌やテレビで立て続けに紹介されてしまって、追加の仕込みに追われている。嬉しい反面、自然酵母で作っているパンだから、極端な客の変動に対応するのは難しいみたいで、経験を積んだ彼がいないことには商品の出来具合に差ができてしまうらしく、残業続きだ。

しかし酵母もウィルスと同じで、環境との折り合いで、良くも悪くも変化していくのが面白い。そのような自然の力を、やはり古代から人間は知っていて、利用してパンや発酵食品を作ってきた。パンも、化学物質の力を借りて無理にふくらますのではなく、自然の力で育つ酵母で作ると、体にやさしいパンになるようだ。うちのキッチンでも、彼が果物やハーブで試験的に作っている自然酵母たちが育っている。ガラス瓶の中でプツプツと泡を吐いている酵母を見るのが、私も好きだ。そこに生命があるのを感じる。他に生き物も飼っていないから、なんだか可愛くさえ思える。

マンションの玄関を入って、コートを脱いだとたん、ぶるっと身震いがおきて、これは本当に風邪をひいたかも、とエアコンを入れて設定温度を高くした。キッチンに来て、チラッと酵母が入っている発泡スチロールのケースを見る。見たいけど、やたらに開けると温度を一定に保てないと夫に怒られるので、がまんする。夕飯の支度をしなきゃ、と冷蔵庫を一度は開けたが、どうにも体がだるくて、リビングに戻った。ソファーにひっくりかえって、佐伯先生の姿を思い出す。ウィンクをする元気があるとはいえ、あの痩せ方は何らかの病気だろう。やっかいな免疫系疾患でなければいいけれど。でも、人とは違う発想をする彼女だから、その細胞も人とは違うことを、うっかりやってしまいそうな気もする。

「あたた」

人の病気のことを考えていたら、自分の具合までひどくなってきた。私は下腹をおさえて起き上がり、トイレへと向かった。

なんだ。来てしまったか。

私は便器に座ったまま、ため息をついた。風邪だと思いたかったが……やはり生理痛か。なってみれば、このダルさは他の何ものでもない。つらいと言っても私の場合、寝込むほどでもないし、重い方にも入らないだろう。婦人科の定期検診でひっかかることもなかったし、子供も作ろうと思えばできるものだと、疑ったこともなかった。ところが色々なことが整って、いざ作ろうと思ったときには、できなかった。欲しくてもできないとなると、それは「問題」となる。病院で詳しく診てもらったら、やはり、これといって異常はないと言われた。夫も検査したが、不妊の原因は彼にもないようだった。

なぜ、子供ができないのかは、わからない。もちろん、もっと若い時に作っていればできたのかもしれないが、私ぐらいでも自然妊娠する人は普通にいるし、年齢の問題だけでもないような気もする。ちなみに、一番簡単な自然酵母の作り方は、リンゴを切りきざんで水に浸けておく、それだけだ。数日でプクプクと泡が出てきて、目に見える形で酵母菌は生まれてくる。こんなに簡単に酵母は生まれてくるのに、なんで常に三十七度前後をキープしている私の体の中で、受精卵は生まれないのだろうか？　微生物と受精卵を一緒にするのはおかしいとわかっているが、環境がそろえば生まれてくるものに変わりはない。それでも生まれてこないということには、何らかの理由があるのだろう。

その理由は、なに……？

私はため息をついて腰を上げ、子宮の中に今月も準備されたけれど、必要とされなかったものを、水と一緒に流した。

「今月もダメでした。こっちの酵母は」

発泡スチロールのケースを開けて、酵母の様子を見ている夫の背中に向かって、私は言った。テーブルには、体調が悪いわりには品数がそろった夕飯が調っている。生理でだるかったのだとわかったとたん、黙々と立ち働いてしまった。

「そう……」

彼は私をふりかえり見て、神妙な顔をした。そしてケースのふたを閉めて、テーブルについた。

「おいしそう。いただきます」

彼は静かに箸を取って、大根と油揚げのみそ汁の椀を取る。子供の頃のパン屋さんのイメージといえば、アンパンマンに出てくるような、お腹がポッコリ出ている陽気なおじさん、という感じだった。けれど、私の夫はそのイメージをおもいっきり壊してくれた。どちらかと言うと、中国の昔話に出てくる馬を引いてる農民、という感じだ。もちろん体力的にはハードな仕事なのでそれなりに筋肉はついているが、風貌が地味なので服を脱がないとわからない。作ってるパンがパンだから、仙人みたいな印象であることは説得力にもなっているが、店舗があるのは一応渋谷区でブーランジェリーふうの店構えだから、彼だけが店で浮いていないか心配になる。

「あのさ」

何か考えている様子で、小松菜のおひたしに醤油をかけていた彼は、醤油差しを置いて、私を見た。

「亮子がそうしたいなら、別の病院に行くことに、おれは反対はしないよ」

私は、彼の顔を驚いて見返した。彼も私も、子供が欲しいとは思っているが、あらゆる手をつくしてまで作ろうとは思ってはいないことは、以前、話し合って確認している。

「うちの店も、全部の商品を、自然酵母で作ってるわけじゃないよ。ここだけの話」

彼の言葉に、思わず笑ってしまったが、怪訝《けげん》な表情になって返した。

「航一《こういち》から、そういうこと言ってくるなんて。びっくり」

彼のお母さんは、リウマチを長いこと患っていて、薬の副作用で苦しんでいるのを子供の頃から彼は見ていたそうだ。薬で弱った内臓を、また別の薬で治療し、さらに合併症が起きて、また薬。そんな薬漬けになっている家族を見ていたせいか、彼も現代医療に、どこか疑問を持っている。薬でないもので、体を良くしたいという思いから、自然食や自然農法に興味を持って、学生の頃から勉強を始めたという。村上君の話じゃないけれど、自然と人間の調和を大事にしたいと意識し始めたら、子供を作ることも、自然の流れにまかせたいと思うのは、当然だろう。子供ができない原因を病院に調べに行くだけでも、彼にとっては気がすすまないことで、無理して検査に協力してくれたのはわかっている。その彼が、「自然」ではないやり方にも反対はしないと言ってきたのだから、私だって驚かずにはいられない。

「どうして、また急に？」

「いや……あんなに暗い顔で、できなかったって言われるとさ。なんだかおれが、作らせないみたいだから」

「私、そんなに暗い顔してた？　生理だから顔色悪いだけじゃない？」

いや、すげぇどんよりしてた、と航一。

「女の人がどれだけ子供が欲しいかは、わからないから。……田中さんも、今月で辞めちゃうし」

田中さんとは、お店で一番長く働いていた女性の職人さんで、最近結婚したのだが、朝の三時から職場でパンを作るのではなく、お母さんのいる家庭を作ることを選んだようだ。右腕である彼女に頼るところが大きかったから、彼はかなりショックを受けていたが、子供が欲しい女性の気持ちがいかほどのものか実感したのだろう。夫は、私をまっすぐに見た。

「可能性があるのに、おれが、それを君から奪う権利はないから」

こういうことを言われてしまうと、捨てた選択肢が、また現実的なものとして復活してしまって、気持ちが落ち着かなくなる。

「公平なもの言いに聞こえるけど」

私も箸を置いて、彼を見返した。

「大事なことを、私にゆだねようとしてない？」

私の口調はちょっと怒っている。彼は黙っている。

「私だけじゃなくて、二人のことでしょう？」

「だって君が……」

「あなたのせいで子供が作れない、なんて思ったことは一度もないよ。どんより暗い顔して、あなたを責めてるみたいに取れたのなら、悪かったけど」

航一も負けずに、口から米つぶを飛ばして返してきた。

「いや、責めてるとかじゃなくて。さっきみたいながっかりしてる顔を見ると、おれもどうしていいか、わかんなくなるんだよ」

私が思っている以上に、彼は私の様子を気にしているんだとわかった。けれど、私が抱く、この複雑な気持ちは、おそらく彼に伝わってはいない。男と女では志向性も違うし、昭和の夫婦がよく口にする「言わなくてもわかってる」なんて、幻想にすぎない。だから、夫婦カウンセリングの本にも再三書いてあるように、共通の認識を維持するには、こまめにコミュニケーションを取ることが必要なのだが。自分でもうまく言葉にならない気持ちを、他人に伝えるとなると毎日語り合っていたって、難しい。私は口調を穏やかにして告げた。

「確かに、あなたが言うみたいに、こんな私も母性本能があるみたいで、赤ちゃんや子供を見ると、何とも言えない気持ちになる。はっきり言えば、欲しいんだと思う」

彼は理解してる、という感じでうなずいた。

「でも、もう一方で、やはり自然にできることを望んでるのはあなたと同じ。でも、だからこそ……なんだか残念なんだよね」

「残念って思うなら」

「いや、子供ができなくて残念っていうんじゃなくて、生き物として残念に思うの」

やはり理解できなかったようで、彼は口を半開きにしている。話が長くなりそうなので、私は椅子の背にもたれた。

「……今日ね、村上君から、面白い話を聞いたよ。あなた、彼と気があうかも。村上君も、風邪ひいても薬飲まないんだって」

私は、風邪とアレルギーの話を夫に話した。彼は知っている部分もあったようで、そうだね、とたまにうなずきながら、アレルギーに関しては大変興味深かったようで、真剣に聞いていた。一通り話して、私はまとめた。

「ヒトは生存していくために、時には菌や外敵とも共存する道を選んで、驚くほどよくできている今の体を、進化しながら作ってきたわけでしょ？　でも、その体も、現代の急激な環境の変化には、さすがに追いつかなくて、良かれと思って作ったシステムが逆に誤作動するようになっちゃった」

彼は感嘆して返した。

「なるほどね。現代の病気って、そういうことで生まれてくるのか」

ここからは、私の意見なんだけど、と断って続けた。

「現代病は、人間にとって新たな脅威だと思う。でも、きっと私たちの体は、その新たな敵と闘って、適応できたものが残り、また進化していくんだろうな、と」

彼は黙って私を見つめている。

「そういう、変な敵が現れた時代に、たまたま自分は居合わせてしまったわけだけれど。私が子供が産めないってことは、やはり、それに適応できなかった……『進化』できなかったってことなのかな、って」

今度は彼が怒っているような顔になって、問い返した。

「言ってることが、よくわかんない」

私はキッチンの発泡スチロールのケースを指した。

「急激に環境を変化させたら、酵母は死んでしまうよね。でも、その中でも、生き残る逞しい酵母はある」

私は航一を見つめて返した。

「でも、私の遺伝子は残らないで、ここで終わってしまう。つまり、絶滅種なんだなって思ったら、生き物として素直に残念だなと思ったの。私の遺伝子は自然界から『申し訳ないけど、いらないです』って言われちゃったんだなって」

「なんだよ、それ」

「ごめんね、あなたの遺伝子まで巻き添えにしちゃって。……逆に、私が巻き添えになってるのかもしれないけど」

「おいおい。ちょっと待ってよ」

彼は腰を浮かせているが、私は穏やかに続けた。

「べつに、悲観的になってるんじゃなくて。もし、本当に自分の遺伝子を残したいと思っているのなら、手段を選ばず、夜中に注射器で精子抜き取ってでも、病院に持っていってる」

「なんで注射器。抜くなら普通に出させてよ」

「こっそり抜くんだから、やっぱり注射器でしょう」

恐すぎる、と彼が笑ったので、すこし空気が和《なご》んだ。

「でも、自然が決めたことを尊重したい気持ちもある。なんで選ばれなかったのか、理由は知りたい気がするけど。……あと、足が先天的に悪かったこともあるから、やっぱり自分は失敗作なのかなと思ったり」

やはり悲観的になってるのかもしれないと自分で思った。夫は黙っていた。私もそれきり言うことがなくなり、食卓の上に沈黙が流れた。ご飯が冷めてしまったなと見ていると、夫の方が口を開いた。

「自然酵母でパンを作ってる連中の中にはさ」

いつもの淡々とした口調になり、彼は語った。

「イースト菌でパンを作ることを、悪のように言うヤツもいるけど。『イースト』ってもともと酵母って意味だし。確かに、どんな環境でも発酵する強い酵母を選んで、化学の力で人為的に培養したのがイースト菌なんだけど、自然酵母だって、人為的にああやって培養してるわけで。完全に自然と言い切れるかは、わからない」

彼は、キッチンの酵母をチラッと見た。

「でも、発酵を進めるために薬品使ったり、度を越したやり方は、おれはしない。だから、自然に近いんだと思う。今日も、昼の三時にはパンが売り切れちゃってさ。テレビを見て買いに来た人が、すごくがっかりして帰って行ったよ。こっちも申し訳なくて。だから、できる範囲で多めには作ってるけど、やり方変えてまで作ろうとは思わない。それに、がっかりすることも『自然』の一つなんじゃないかなって」

彼は自分の発言を思い出したのか、苦笑した。

「ま、君が、がっかりしてるのを見るのはつらいから。さっきはああ言ったけどね」

私は微笑んで返した。彼は私を見た。

「イースト菌と自然酵母、どっちが正しいかなんて、わかんないよ。でもおれは、色々なものがあった方がいいと思う。なかなかふくらまない、人のニーズに瞬時に応えられない、そういうパンがあってもいいと思う。だから、自然酵母でパンを作ってる」

私はうなずいた。

「そうだね。色々なものがあるってことが『自然』なのかも」

彼の発言が始まりで心がざわつき、彼の言葉で落ちついた。なんなんだよ、と文句を言いたいが、もやもやしたものを言葉にしたことで、ちょっとすっきりした気がする。生理痛もやわらいだように感じる。

「不自然なものを作ってしまう人間だって、自然が生み出したものだしね」

私が言うと彼は、そうだよ、とうなずいて箸を取った。

航一が独立する前に勤めていたパン屋の、私は常連客だった。そこで売ってる自然酵母のローフブレッドが好きで、よく取り置きしてもらっていた。フランスに住んでいる叔母がお土産にいつもくれる白いミントキャンディーと、なぜかそのパンは同じ香りがした。慢性肩こりの治療のため、友人が紹介してくれた鍼灸院《しんきゅういん》に通院することになり、それがある私鉄駅の商店街に、その自然酵母のパン屋を見つけたのがそもそもの始まりだった。前を通るたびに気になっていて、ついに治療の帰りに入って、試しにいくつか買ってみたところ、キャンディーと同じ香りのパンと出会った。治療に行く日に、目当てのそれが売り切れているとショックを受けるので、朝にパン屋に電話して取り置きしてもらうのが習慣となったが、予約したパンを渡してくれる店員は若い女の子か、職人らしい白いコックコートを着ている男性で、なんとなく顔を記憶するようになった。

ある日、鍼灸院の待合室で順番を待っていると、例のパン屋の男の方が入ってきた。相手も私の顔を見て、あれ、という表情をした。たくさん客はいるのに、よく私の顔を覚えているなと思った。あとから話すようになってわかったのだが、あのパンを予約する人間なんて私の他にいなくて、印象に残っていたそうだ。実は売れ行きの悪い商品で、店としては製造を中止したかったらしいが、私が予約するので、ふんぎりがつかず困ったらしい。「予約するなら、せめて二、三本まとめて買って欲しかった」と、つきあい始めてから文句を言われた。とにかく、彼も休憩時間中に鍼灸院に通っているらしく、予約の時間帯が同じになって、顔を合わせるようになった。もちろん最初は互いに会釈をするだけだったが、あるとき、急患が入ってきて診察時間がかなり押したことがあった。彼が困ったように時計を何度も見ているので、私の番が先にきたから順番を譲ってあげたら、えらく喜んでくれた。あとでパン屋に行ったら何かおまけしてくれるかも、という下心があったのは確かだ(実際、あんパンをくれた)。それから彼と、つまり今の夫と、店や鍼灸院で話をするようになった。私が取り置きするパンには「アニスシード」というハーブの一種が入っていて、あのいい香りはそれによるものだと教えてくれた。フランスでは、ミントキャンディーだけでなく、古典小説に出てくる自虐的な酔っ払いが必ず飲んでる、あのアブサンという酒の原料にしたり、北欧ではパンにも使うそうだ。そんなことを話すうちに、航一は、近いうちに独立する予定があると私に打ち明けた。店を開く場所は私の家から近いエリアなので、買いに行きますね、と言うと、向こうから私のメールのアドレスを聞いてきた。当然私に気があったからだと思うが、航一はただの営業活動だったと、今でも言い張る。ちなみに私の好きなパンは彼が作っていたので、彼とともに店から消えて、彼が開いた新しい店にも、もちろん並ばなかった。自虐的な作家に与えたら、クセになるとでも思うのか、家でも作ってくれたことがない。

そんな馴れ初めだが、どう語っても、灰色のパン生地を黙々と練ってる自然酵母のパン屋と、メジャーでもアングラでもない鳴かず飛ばずの作家が、鍼灸院で出会うなんて……地味だなと思う。鍼灸院というところで、二人とも強靭なタイプではないのがわかるし、大道を歩いている感じもしない。アウトサイダーで弱っちい、似た者どうしが、互いに共感してくっついてしまうのも、自然が導いた成り行きなのだろうか。と、思っていたら、それを覆すような、衝撃的なことを、テレビのサイエンス番組で学者が述べていた。人は、自分の性質とはかけ離れた、できるだけ異なった遺伝子を持ったパートナーを、相手の匂いで察知して本能的に選ぶようになっているそうだ。確かに、少しでも違う遺伝子を持っている相手と子供を作った方が、その子の環境に対する適応能力は、より範囲が広くなるわけだから、繁栄を目指すなら正しい選択と言える。それで考えると、似た者どうし、遺伝子の性質がかぶってる相手と一緒になっても、二人以上の能力を備えた子供は生まれないということになる。そうか、だから最初からあきらめてしまって、子供も生まれてこないのかも……なんて、思ってしまう。あんまり夫婦の仲が良過ぎると子供ができないと、昔から言うし。とはいえ、そんなに簡単なことでもないような気もするが。

「……今、風呂で考えてたんだけど」

パンツ一枚で、頭からバスタオルをかぶった夫がベッドに腰を下ろしたので、先に横になっていた私はその衝撃波に揺れた。

「ちゃんと体を拭いてから座ってよ」

「拭いたよ。で、思ったんだけどさ」

私は彼の背中を見た。彼も食卓での会話の後、私と同様に、お風呂で何か考えていたのだろう。彼はこちらを見ないで言った。

「さっきの……遺伝子が残らないって話だけど。それこそ、おれたちってバックアップシステムなのかもしれないよ」

私は無言で彼の言葉に耳を傾けた。

「選ばれなかったんじゃなくて、もし何か環境がすごく違うことになっていたら、発動することになっていた『種』なんじゃないかな。今の時代では出番がなかっただけで」

閉じかかっていた目を開いて、私は彼に返していた。

「それは……自然界に『いらない』って言われたんじゃなくて、『今回は、ごめんなさい』って言われたってことか」

「そう。何があるかわからないから、いつの時代にも、おれたちみたいな変わり者がいることは必要なんだよ。哺乳類だって、図鑑で見たことあるけど、出始めた頃は、すごくマイナーな感じの生き物だよ」

言われれば、教科書で見た最古の哺乳類のルックスはかなりパッとしない感じだった。確か属名もラテン語で「目立たない王」という意味だったと思い出して、それを言おうとしたら、彼が、こちらをふりむいた。

「みんな神様に選ばれてるんだよ。この世にある全てのものは、誤作動を起こすものでも、絶滅するものでも、必要なものなんだよ、きっと」

私は、胸にこみあげる熱いものを感じた。が、あえてそれを言葉にはしなかった。その数分後、彼のかぶっていたバスタオルをベッドにひいて、生理日なのにセックスをしてしまった。排卵のことを考えないでそれをするのは久しぶりだった。こういうことも必要なのかもね、と彼と笑った。

5

四季を通して白衣を腕まくりしている菅谷《すがや》は、駅中のカフェでテイクアウトしてきたカプチーノを片手に、職員用通路から、第三診察室に入った。病院のロビーにあるカフェが、なぜ診療時間と同時に始まるのか、彼はいつも不満に思う。

「三十分早く、始めてくれりゃいいのに」

診察机の前にどっかと座った医師は、すっかり冷めているそれを飲み干すと、

「捨てといて」

毛深い腕をのばして、若い男性看護師に空のカップを突き出した。看護師は無言で、それを受け取り、ゴミ箱に捨てた。もちろん、同じことを女性看護師にやるほど、彼は愚かではない。

泌尿器科の医師である菅谷優《すぐる》は、兄と同様に迷わず医大を受験し、研修医を経て

勤務医となった。開業医だった祖父も、その後を継いだ父も内科の医者。兄も現在は大学病院の循環器内科の准教授で、その妻も整形外科の医師だ。菅谷も、卒業した大学の医局に籍をおいて論文を書いてドクターになり、一年ほどアメリカに留学して、大学病院に戻ったのち、派遣されてこの総合病院に来た。外来は水曜と土曜を担当している。また隔週の日曜に、泌尿器科の医師が有志でここで研究会をやっているので、この病院にいることが多い。彼は机の上のマウスを取って、モニターにパスワード入力画面が現れると、太い指で素早くキーを打った。

「菅谷先生、総務の人が探してましたよ」

女性の看護師がカーテンの隙間から顔を出して声をかけた。

「ああ、はい」

菅谷は無愛想に返した。

「インタビューがまだとかって」

「わかってます。病院のホームページに載せるやつでしょ。おれは勘弁してくれって言ってんのに……」

横にいる男性看護師に、菅谷は訊いた。

「だって、見る？　わざわざ医師紹介のページを見てさ、それで病院を決める？」

「そういう人も、けっこういるんじゃないですか?」

ふーん、と萱谷は、やはり毛深い手の甲を掻いた。

「またその質問がひどいんだ。『医師をやっていて、よかったと思うことは、なんですか?』とか」

萱谷は鼻で笑った。そのページでインタビューを受けている医師のほとんどが『患者さんが治って、笑顔で帰っていくと、医師をやっていてよかったと思う』と返している。

「んなの、殺される病院がどこだかわかる、ってことぐらいだろ」

萱谷の言葉に男性看護師は笑った。

「確かに」

「あんなの、みんな同じこと言うんだからさ。『患者の立場になってー、コミュニケーションとってー、地域に根ざしてー』他に何を言えっての?」

「ですよね」

「あれも外注に出して作ってんでしょ? 金と時間を使ってやる意味あんのかなって——」

と言いながら萱谷は電子カルテが現れているモニターの方を向き、前の廊下に繋がっているマイクで患者をもう呼んでいた。

「――石川晴美さん、第三診察室にどうぞ、石川さん、どうぞ」

よめない菅谷のテンポについていけず、若い看護師は慌ててナースカートを準備した。

尿路結石の男性、膀胱炎の女性、膀胱がんの男性、前立腺肥大症の男性、EDの相談――と病状に関係なく公平に、いわゆる三分診療で、菅谷は患者たちをさばいていく。診療開始から二時間が過ぎた頃には、待っている患者の人数はピークになって廊下から溢れるが、診察室の中の決められたリズムは変わることなく、早くも遅くもならない。まだもの言いたげな患者を、「はい、お大事に」と送り出すときには、もう次の患者の電子カルテを開いているし、その名前をマイクで呼びながらカルテに目を通して、入ってくるまでにどの患者だったかを思い出す。三分だって、充分すぎる時間だと菅谷は思う。また一人、手際良く診察室から患者を追い出して、

「大橋茂《しげる》さん、第三診察室にどうぞ、大橋さん、どうぞ」

菅谷はマイクで呼んだ。間があって、スライド式の扉が中途半端に半分だけ開いた。

「ほら、先に入りなさい」

という年配の女性の声だけが外からしたが、誰も入ってこない。菅谷がいらつくのを恐れた看護師が出ていって、扉を全開してうながすと、目の大きな六十に近い小男と、八十は過ぎていると思われる同様に小さい老女が、どちらもおぼつかない足どりで入ってきた。

「どうぞ。お母様も」

菅谷はモニターの方を向いたまま、まだもたもたしている二人に座るようすすめた。医師の左足は小さく貧乏ゆすりをしているが、これはどんな患者であっても、常にやっている。

「えーと、大橋さん、は、どうしたんですかね」

相手を見ずに医師は診察を始めた。

「予定していた三週間前の検査にも、診察にも、いらっしゃってませんが？」

ようやく腰を下ろした茂は、聞こえているのかいないのか、窓のない診察室を見まわしている。後ろから、母親が代わりに答えた。

「あのぉ、すみません。それが、あの、どうしても、病院に行きたくないと……言いまして。ほら、先生に謝って」

茂は、医師の後ろにかかっているカーテンの向こうが気になるようで、首をのばしてのぞいている。彼から言葉はないので、母親は薄ら笑いをして医師にこぼした。

「あの、私も、自分が歩くのも、やっとなもんで。その、嫌って言うこの人を……無理に引っ張ってくることも、できませんで」

間をあけず、菅谷は事務的な口調で返した。

「前にもお話ししたと思いますが、がんの患者さんには、支援センターというものがありますから。そういうときは相談して、介助とか頼んで、診察に来ることもできますから。病院に電話をくれれば、センターにつなぎます」

「……はあ。そうですね」

母親は疲れたように、うなずいて返す。菅谷の貧乏ゆすりは止まることなく、手はマウスを忙しく動かし、カチカチとクリックを続けて、各検査室から送られてきたばかりの「大橋茂」のデータに目を通していく。が、ふと何かに気づいて、彼は手を止めた。

「んじゃ、どうして今日は、来たの？」

今日初めて、菅谷は患者の方を向いた。茂は、今はうつむいて、自分の股間をじっと見つめている。

「裏から入るならいい、って言うので」

と答えたのは、また母親だった。

「裏?」

菅谷は眉間にしわを寄せた。母親は、ちょっとためらってから告げた。

「……なんでですか、この人、すごく恐がりまして。あのぉ、この下にありますよね? コーヒーを飲むところが。あの店を、えらく嫌がって……あそこが恐いから、病院に行きたくないって」

ぷっ、と菅谷は噴きだした。茂は瞬時にそれに反応して、こちらも初めて興味をひかれたように、今、確かに笑ったはずの医師を見た。母親はきょとんとしているが、すでに無表情に戻っている医師は、電子カルテに目を戻した。

「いいですか、がん患者さんの場合、経過を診るのは、治療と同じぐらい大事ですから。定期検査にはちゃんと来て、診察を受けてください」

こちらを穴があくほど見つめている患者に、医師は訊いた。

「大橋さん、具合はどうですか?」

しかし茂は問いかけには答えないので、

「あの、変わりは、ないように思います」

母親がまた代わって答えた。菅谷はそれを無視して、

「大橋さん、あなたに訊いてるんですよ。おしっこと一緒に血が出るとか、おしっこが出にくいなどないですか？」

響くような大きな声で問いかけたので、茂は、ようやく首を横にふった。そう、と菅谷は返して、一拍置いた。

「検査結果なんですが、PSA値が、わずかですが、上がってますね。放射線治療していますから、この数値では、即、再発という判断にはなりません。なりませんが、当面は経過観察をして、このまま上がるようであれば、また治療法を考えていくことになります」

母親の顔が一気に暗くなるのを、菅谷は見てとった。内容が伝わっているということだ。こちらを見つめている本人は、理解しているとは思えず、菅谷はモニター画面を指して、茂を見返した。

「大橋さん。いいですか？　この数値が上がってくると、またがんができてるかもしれない、ってことなの」

茂は瞬きもせず、医師に返した。

「ちんちんのがんは、なくなったよ。なくなったんだろ？」

「ちんちんじゃなくて、前立腺。がんはなくなったけど、また、出てくることもあるから、注意して見ていないと、また、入院したり大変なことになるから。だから、ちゃんと病院に来てください」

次回の検査は早めに入れておきますから、と言いながら菅谷はキーボードをバタバタと打った。

「あのぉ、先生、これから、その、どのようにしたら？」

息子とどこか似ている仕草で、母親は自分の前髪をなでつけながら、医師に聞いた。

「ちゃんと病院に来て、あとはいつも言ってるように、規則正しい生活と運動。食事は魚と野菜中心、和食を食べてれば、いいと思いますよ」

言い慣れた言葉を並べ、菅谷は畳み掛けるように早口で続けた。

「とりあえず今日は、他の検査もないので。次回の予約を必ず確認して、お帰りください。わからないことがあれば、そこの受付の看護師に」

患者も母親も、立ち上がる気配がないので、

「他に、何かありますか？」

医師が短く問うと、母親がようやく診察が終わったことに気づき、いえ、ありがとうございました、と頭を下げて立ち上がった。

「ほら、行きましょう」

座ったままの息子を、母親はうながした。が、茂は立とうとしない。再発の可能性を聞いてから、その表情は固まっている。理解すればしたで、また、やっかいであるなと、菅谷はため息をついた。言葉を区切って、医師は告げた。

「あのね、大橋さん。悪くなると決まったわけじゃ、ないから。そうならないように、病院に来てください、ってこと」

茂は大きな目で訴えるように、すでに自分を見ていない医師の横顔を見つめていたが、

「ほら、シゲちゃん、行きましょう」

母親に腕を取られて、しぶしぶ立ち上がった。看護師にドアを開けてもらい、二人が診察室を出て行こうとしたとき、

「あ、ちょっと」

菅谷が、患者を呼び止めた。財布を開いて、何か探していた医師は、薄っぺらい紙を二枚出して、茂に差しだした。

「ロビーにあるカフェの割引券。あそこ、べつに恐くないから。使って」

茂は、医師から割引券を受け取り、それを見つめた。

「コーヒーは、まあ、飲み過ぎなきゃいいけど。紅茶の方がいいかな、体には」

茂は目を上げて、医師を見た。

「コーチャ?」

「そう紅茶。あそこだと……『ティー』か」

萱谷が教えると、その「ティー」の言葉に茂の大きな目が、きらりと輝いた。

「……ティー!」

割引券を手に茂は直立して、そこにはないものを見つめている。

「ティーのエス!」

その声は、診察室の外にまで響いた。

「ティーのエス、二百六十円! ティーのエム、二百八十円! ティーのエル、三百円!」

萱谷は、眉間にシワを寄せてその声に耐えていたが、

「……はい、お大事に」

と言ってモニターの方を向くと、マウスをクリックして次の患者のカルテを開いた。興奮して瞬きをくり返している茂と、何度も頭を下げる母親は、入ってきたときと同様に、看護師にうながされて、診察室から出て行った。

菅谷が、カリフォルニアにある大学病院に留学していたときのことだ。留学と言っても、医療の現場に医師として参加して、最新治療を経験させてもらうわけだが、食事や休憩も病院スタッフと同じ場所でとっていた。その日も職員用の休憩室で菅谷がコーヒーを飲んでいると、ナースがやってきて、日本人の観光客がERに運ばれてきて、言葉が通じないから来てくれないかと頼まれた。患者は耳に問題を生じているようで、専門外ではあるが通訳ならばと、菅谷は言われた場所に向かった。

その中年の日本人男性は、救急外来のベッドに座っていた。アメリカ人の女性のドクターが、彼に向かって大きな声で、もちろん英語だが、何か説明している。しかし彼はややパニック状態で、片耳を手でふさいで首を横にふり続けている。菅谷は女医に、自分が通訳をすると言おうとして近寄ったが、女医は患者に語りかけることに集中していて気づかない。日本人男性も、異国の医師に圧倒されて完全にビビっている。すると女医は何を思ったか、白衣のポケットからマジックペンを取り出し、いきなりベッドの白いシーツに大きく絵を描き始めた。それは耳の中がどうなっているかを説明する、雑だが大変わかりやすい絵だった。耳、鼓膜、内耳、耳管、鼻腔、そして鼻の穴。彼女は、まず鼻腔が炎症を起こしていることを斜線で教えた。そして耳と鼻から入っていく空気をそれぞれ矢印で表して、耳管の中に空気が入っていかないことを×で示した。日本人男性はシーツに絵を描くという彼女の行為に最初は度肝を抜かれていたが、絵を見ているうちに、耳から手をおろして、うなずいた。女医は患者の肩をぽんぽんと安心させるように叩いて、そこでようやく菅谷に気がついた。彼女は、

「大丈夫、彼は理解したから。あなたは仕事に戻って。ありがと」

菅谷に言った。日本人男性の方はというと、菅谷の顔を見てホッとしている感じだったので、一応話を聞いた。でも、機内で耳の空気抜きをしたらおかしくなったことも、女医にはちゃんと伝わっていたし、シーツの上に描かれていること以上に、菅谷が説明してやれることもなかった。耳鼻科専門の日本人医師を希望するなら探すが、と菅谷は彼に聞いた。患者はシーツの絵をじっと見て、耳抜きのせいで鼓膜が破れたと思ったが、鼻風邪が原因でおかしくなっただけですね、と理解してることを証明し、あの女の先生でいいです、と言った。気づけば女医は看護師にあとをまかせて、もう消えていた。見事な三分診療だった。

後日、菅谷がまた職員用の休憩室で休んでいると、その女医も休憩を取りにやってきた。彼女は菅谷に気づいて、

「この前は、ありがと。来てくれて助かった」

と短く言った。

「私は、何もしてないです」

菅谷は首を横にふって返した。

「こちらが勉強させてもらいました。コミュニケーションってやつが、初めてわかりました」

菅谷が日本式に頭を下げると、彼女は微笑んだ。

「コーヒーもう一杯飲まない？　私におごらせて」

「いえ、本当に何もしてないですから」

菅谷は辞退したが、彼女はコーヒーマシンの横のコインボックスに二杯分の硬貨を入れた。

「でも、今日はクリスマスだから」

6

ゆとりある四人部屋の窓際のベッドで、孝昭は比較的深い眠りから目覚めた。昨夜も、あまり眠れなかったので、こんな昼間の時間にがっくりと寝てしまったようだ。夢も見ていたような気がするが、どんな夢だったかは思い出せなかった。ぼんやりとした頭で、クリーム色の間仕切りのカーテンを見つめていると、覚醒とともに、ずっと戦い続けている感覚がまた戻ってきた。点滴で栄養は足りているそうだが、空腹感がなくなるまでには、しばらくかかるらしい。入院してまだ一週間だが、絶食はけっこうしんどいし、腹痛も急激に良くなるわけでもない。寝てばかりだと、腰や背中も痛くなり、入院したことで、三重苦になっている。そのことに不満があるわけでもないし、現実はこんなものだとわかっているが、どこかで、自分がまだ何かを期待していたのだなと、逆にわかった。もちろん、これから効果が現れるのかもしれないが。孝昭は手をのばして、サイドテーブルの上に置いてある腕時計を取った。昼の三時を過ぎている。あまり寝てしまうと、夜に眠れなくなるなと思ったが、腹痛がひどくなるのはいつも夜中で、どちらにしろ眠れないのだから、まあいいか、と枕をなおして、また目を閉じた。

 やや明るい暗闇に戻ると、夢が不思議ともどってきて、父親の夢を見ていたのだと思い出した。テレビマンだった孝昭の父親、藤森利彦《としひこ》は、四十六歳の若さで亡くなっている。孝昭がまだ九歳のときだった。食道がんだったらしく、酒の飲み過ぎが原因だと、母親や親戚からしつこいほど聞かされた。しかし孝昭の記憶に、飲んだくれている父親の姿はない。さらに言えば、飲んだくれていない父親の記憶すら、少ない。開局して間もない放送局で働く彼は忙しく、週末もほとんど家にいなかった。先ほどの夢に出てきた、リンゴジュースを飲む父親は、その数少ない記憶の断片から再生されたものだろう。毎朝、リンゴジュースを自分で作るのが、彼の習慣だった。買ってきたものは甘過ぎると言って、生のリンゴをレモン汁と一緒にミキサーにかけていた。夢の中でも、父はダイニングテーブルでそれを作り、もったりとしたそれをコップに注ぐと、一口飲んで、孝昭の方をチラッと見た。

ハッとして孝昭は閉じていた目を開いた。夢の中の父は無言だったが、それを飲みながら、父親が言う決まり文句を、久しぶりに思い出したのだ。

「これは、胃腸のためなんだ」

好きで飲んでるのではない、と言いたげに、父は言うのだった。子供の孝昭には「いちょう」という音でしかその言葉は頭に入ってこなかったし、そんなに美味そうなものを、不味《まず》そうに、それも毎日飲んでいることがよく理解できなかった。けれど、今思えば、

「そっか、あの人も……」

腸が弱かったんじゃないだろうか？　呟いて、親父と呼ぶ前に亡くなった父親のことを改めて思った。深酒で死んだと信じていたが、それも消化器系が不調なのを、酒でごまかしていたのではないだろうか？　どちらにしろストレスが原因だろう。孝昭ではないが、彼も新聞社から引き抜かれたと聞いた。似ていて異なる新しい仕事は、彼に合っていたのだろうか？　父親も自分と似た病気だったかもしれないと気づいたことで、不思議と彼の人生が身近に感じられてきた。寝ている気分ではなくなってきて、ゆっくりと身を起こすと、足をベッドの横におろして、履物を探した。そして、点滴スタンドを傍らに持ち、窓辺へと歩み寄った。二重ガラスの向こうには、病院の中庭、屋上緑化した低層マンション、中学か高校のグラウンドが見

える。

父親はどんな思いで死んでいったのだろう。

自分の少ない記憶と、偏った母親からの情報では、彼のことを完全には想像できないが、同じ若死にでも、大黒のようにエネルギーのある人間がプッツリと幕を閉じた感じには思えない。父親も長く闘病していたわけではないし、見た目がひどく病んでいた印象もないのだけれど、当時の家の雰囲気は、良くも悪くも淡々としていた。それが日常になっていたから、入院した父が、もう二度と帰らないと知らされたとき、もちろん悲しくて泣いたが、子供ながら受け入れる準備ができていた気がする。それは、父親が早いうちから自分を家族から隔離し、意図的に遠ざけていたからかもしれない。彼もまた、自分の中に閉じこもり、独りで逝ったのではないだろうか。そう思うと、胸がおしつぶされるような感覚に襲われた。

「まりあちゃん……か」

かすれた声で、孝昭は呟いた。カフェで、「自分ではない子」になっていた女の子。あんな小さな子までが、逃げ場をつくって病と闘わなければいけないというのは、本当にどういうことなんだろう。理不尽すぎて、思考することも放棄したくなる。病でなくても、世界中で、罪もないのに犠牲になる子供はあとをたたない。この世は、理不尽でできていると言ってもいい。いくら理屈や道理があっても、そんなものは、所詮人が考えたものだ。大きな力の前で、人は無力だ。孝昭も、病気になったばかりの頃は、因果関係や、原因、解決方法ばかりを追っていた。しかし、人の力ではどうにもならないことがあると知った。そのときに必要なのは、明晰な分析でも、巧みな理由づけでもない。もっと、何か違うものだ。自分はそれを求めている。追い込まれた世界にいる人々の、誰もが、それを求めている。……驚いたことに、あの女の子の母親は、それを知っていた。おそらく意識してないが、娘が今一番必要としているものを、あげていた。それをなんと呼んだらいいのか、未だ言葉にはならないのだが……。

学校のグラウンドに立っている、校旗が下ろされた銀色のポールの先端をぼんやり見つめていた孝昭は、

「藤森さん」

背後から呼ばれて、ふりむいた。女性の看護師がナースカートを押して、病室に入ってきた。

「あ、起きてらっしゃいますね。検温と点滴の交換です」

返事をしない孝昭に、看護師は表情を変えた。

「藤森さん？　大丈夫ですか？」

孝昭は、うなずいた。

「……今、目が覚めたところで」

そう返すと、看護師は笑顔になり、よく眠っていらっしゃいましたよ、と言った。

「先ほど奥様がいらしたんですけど。起こしたくないからって、お荷物だけ置いてお帰りになりました」

看護師は病室の入口にあるロッカーの方を指した。えっ、と孝昭は驚いてそちらを見た。

「家内が、来てたんですか？　なんで……」

起こしてくれなかったのだろう。いや、そんな時に限ってなぜ熟睡していたのか、孝昭は自分を責めた。朝子が、来たんだ……。

点滴のバッグを交換して看護師が去ると、孝昭は、朝子からメールが入ってるかもしれないと期待して、電源を切ってサイドテーブルに置いてある携帯を取りあげた。その時、初めて白い封筒が、そこにあることに気づいた。昼寝をする前はなかったものだ。表にも、裏にも、何も書いていない白い封筒を手にとり、孝昭は、朝子が置いていったものだと確信した。その白さが、病院と同じように整然と、正しく、そして冷たく感じられた。開けたくない、中を見たくない、と孝昭は直感的に思った。しかし、開けずにいることもできなかった。孝昭はベッドに腰掛けて、封を破り、中の紙を引っぱり出した。薄い便せんには、朝子の美しい文字が並んでいた。

孝昭様

あなたに手紙を書くなんて、もしかすると初めてかもしれません。最近は、用件を伝えるだけのメールばかりだものね。ご存知のとおり、私は自分の気持ちを言葉にして言うのがヘタだから、手紙にした方がよいと思ったのだけど。今、書いていて、手紙も言葉だと気づきました。どちらにしろ、うまく伝えることはできないかもしれないけれど。

私も、もう五十四歳。これまで、父親、母親の面倒を見てきて、最期を看取ったと思ったら、今度は、あなたが難病と言われる病気になってしまった。正直、人の世話で、自分の人生が費やされていくことに、もう耐えられない、そう思いました。

いきなりこんなこと書いたら、驚くかもしれないですね。はたから見れば、親の介護も好きでやっていたように見えたと思うから。そう言われれば、否定もできないけれど、気づいたら、いつの間にかそうなっていたということは、わかってほしいです。

もちろん、私なんかとは比べものにならないほど大変な介護をしている人はたくさんいるし、それをやるのは当然だと言う人もいるし、それが自分の使命だと思って、明るく楽しくやっている人たちもいます。問題は、なんで私はこんなにつらいんだろう、ということなのです。昔、友だちに、精神的に自立してないから家族にふりまわされるのだ、と言われました。確かに、肉親から自分を切り離せず、どこかで依存してる人間が、家族の介護をすると、老いや、病に自分も一緒に飲み込まれてしまい、つらいだけなのかもしれません。

この前……私がコーヒーをぶちまけたカフェで……あのカフェで、また別のおかしな男の人に会いました。面倒を見ていたお兄さんを、この病院で亡くされたみたい。本当に、変な人だった……。でも、かわいそうだった。なぜって、面倒を見てあげていたのに、亡くなったお兄さんに今も怒りを感じているの。なんとなく、私にはわかる。彼も、家族というものに対して、とても思いが強い人なんだと。彼には、家族しかなかったのかもしれない。お兄さんの面倒を見ているつもりで、依存していたのは彼の方。だから一方通行で（そう、片思いで）愛情を返してもらえないことが寂しく、最後にはそれが恨みに変わったのでしょう。

あなたと結婚して二十三年になります。子供もいないし、二人で築きあげたものが何かと聞かれたら、正直困ります。共通の趣味があるわけでもないから、何か一緒にしているという感覚もない。仲が悪いわけでもないけれど、離れられないというほどでもない。でも、私の人生は、あなたがいることで成り立っている。自分でも恐いぐらいに、あなたが私の多くを占めている。やっぱり私、隠れ依存体質なのね。だから、あの男の人のように、あなたを恨むことになりかねないし、そうはなりたくない。好きで一緒になったあなたを、恨んで失うなんて、絶対に嫌です。

こんなこと言ったら、あなたがよけいにつらくなるかもしれないけれど、あなたが病に苦しんでいるのを見ているのは、本当につらい。代われるものなら代わってあげたいと思います。けれど、まず私が最初にやることは、代わってあげることでも、痛みをやわらげてあげることでもない。

あなたの病にのまれないこと、巻き込まれないようにすること。

それが何より大事だと、気づきました。家族であっても、それは自分の体ではないし、病や老いを介護人がシェアしているつもりになるのは良いことではないと、そろそろ私もわかってきました。そして私は、それを治す医師でも看護師でもない。

私はただ、病人のそばにいるだけの人……。

酷なことを言いますが、野生動物なら、病んでる者はそこに置いていかれます。そばにいたら健常な自分にまで身の危険が及ぶからです。「病」や「老い」は、健常な人間にとっては恐いもの。見たくないもの、ないと思いたいもの。でも、病んでる人や、老いてる人にとってそれは現実であり、個人的なものであり、向き合うしかないもの。互いに心情を理解するのは、意外と難しいことなのかもしれない。だから、無理にあなたを健常の世界に引き戻そうとすることは、違うのかもしれないし、私が病気の世界に踏み入っていく必要もない。両者の間に、壁があることを忘れてはいけない。でも、野生動物ではない私たちは、誰もがいつか病むときがくる、老いるときがくると知っています。だから、その壁を恐れる必要もないのです。

……こんなことを、あなたがいる病棟の下で、例のカフェで、ずっと考えていました。そしたら、ふと、ひらめいたの。

　私は、この「病院のカフェ」のようになればいい。

そう思ったの。病院のロビーにあるこのチェーン店のカフェは、他の場所にあるお店と同じものを売ってるし、病院であることを忘れさせるほど、普通です。治療に関わるわけでもないし、お客が患者でも、医者でも、健康な人でも、全く同じサービスをする。他の店には来ないような人も、時にはおかしな人もいるけれど、ふりまわされず無関心で、だけど彼らを拒むこともしない。病んでる人が、いつでも入れるように病院に寄り添っていて、でも関わらず独立して、そこにある。その強さを、私も持ちたい……。

二十三年前の結婚式の、誓いの言葉を覚えてる？

「病めるときも健やかなるときも、共に歩み、死が二人を分かつまで、愛し敬うことを、誓いますか」

もう忘れてしまったけど、こんなような言葉だったと思います。病めるときも、健やかなるときも、同じように、ただあなたを愛すること、それを忘れてはいけなかったと、思い出しました。

私、あなたが言うように、もう病室には行きません。これからは洗濯物も自分でクリーニングに出してちょうだい。でも、私はカフェにいます。あなたが来れば、いつでもそこにいます。あなたを愛している私ができるのは、今はそれだけ。私は、あなたのそばにいますから、それだけはあなたも忘れないで。

朝子

孝昭は手紙を握り、枕に顔をうずめて泣いていた。涙を流すと、痛みによる緊張で硬くなっている体の力が抜けて、少し楽になることを知った。大きく息を吐いて、涙を袖でぬぐい、起き上がった孝昭は、朝子の手紙をガウンのポケットに突っ込むと、ベッドから下りた。

「あぶない、藤森さん、大丈夫ですか?」

病室から出てきて、廊下でよろけた孝昭の腕を、通りすがった男性の看護師が抱えた。

「大丈夫です。こいつに足をとられただけで」

点滴のスタンドを指したが、思っていた以上に足がふらつくことに孝昭自身が一番驚いていた。

「どちらに行くんですか?」

問いかける看護師の前で、孝昭は努めてしっかり立っているポーズを作り、ポケットの手紙を見せた。

「女房が、三行半《みくだりはん》を持ってきたんで、追っかけているところで」

看護師も、それを冗談ととっていいのか、苦笑しながら注意した。

「点滴がはずれないよう、ゆっくり動いてください」

「はい。気をつけます」

看護師が去ると、孝昭はエレベーターのある方向に向かって、廊下を歩き始めた。ゆっくりどころか急ぎたかったが、思うように力が入らず、自分の中心に病があることを認めざるをえなかった。転びたくないから、登山でもしているかのように、足は必死で地面をとらえようとする。すると、硬く平らな床を踏んでいる感触が、ふらつく足からあがってくる。不思議なことに、この体感を通して、今初めて、文字どおり「地に足が着いている」ように孝昭は感じていた。仮に過ごしているような感覚がぬぐえない人生であったが、体を引きずるようにして必死に廊下を歩いていると、自らが存在している感覚が、今までになくあった。そして間違いなく、誰の意思でもなくて自分の意思で、行きたいと望む方向を選び、歩んでいた。

点滴スタンドをひきずって、孝昭はそこに着いた。空腹感を刺激する、コーヒーと焼けるパンの香りが、店内にたちこめている。カウンターの向こうからは、親しみあるエスプレッソマシンの蒸気の音。店員が客とやりとりする声は、あきらかに医師や看護師とは違う、軽やかなトーンだ。ああ、ここはとても普通だ。朝子が言うように。孝昭は香ばしい匂いの空気を吸って思った。

「いらっしゃいませ」

　ポニーテールの店員がカウンターから声をかけるのを無視して、孝昭はまっすぐフロアに入って行った。そして、客がちらほらいる客席を見まわした。

「……いないじゃん」

　彼は言って、一人笑った。声まで出して笑ったので、近くにいた客が、彼をチラッと見たが、孝昭は気にしなかった。なぜなら朝子が言うように、ここは変な人も受け入れる「病院のカフェ」なのだから。

　送信元　孝昭
　件名　ありがとう
　今日は、来てくれてありがとう。熟睡していたようで、申し訳ない。手紙をありがとう。素晴らしい手紙で、本当に感動した。
　ぼくも君に言いたいことがたくさんある。でも、君以上に言葉にするのがヘタだから、無言で返すか、謝るだけになってしまう。だけど、君に倣《なら》ってがんばって文字にしてみるよ。手元に書くものがないので、メールだけれど。
　実は、ぼくもロビーのカフェで、ある親子連れに会ったんだ。母親と、女の子と、男の子。六歳か七歳ぐらいの、さやかちゃんって呼ばれてる女の子が、病院に通うような病気らしくて、かわいそうに思った。そして驚いたことに、そんなに小さいのに彼女は、病と闘うために、「まりあちゃん」っていう、もう一人の自分をつくって、つらい現実から逃避しているんだ。

……最近、ぼくがやってるのと、同じようにね。

思わず同情してしまって、つい余計なことをしてしまった。レジの横にあったクッキーを買って、彼女にあげたんだ。女の子は嬉しそうだったよ。その子の母親は、ぼくの行為にちょっと驚いていた。でも、笑顔で女の子に言ったんだ。

「いいものもらったね、まりあちゃん」って。

「さやかちゃん」でなくて、ちゃんと「まりあちゃん」って。素晴らしいお母さんだと思った。病室でいろいろと考えて、そして君に手紙をもらって、気づいた。安心して自分の中に閉じこもれるのは、扉の外で待っててくれる人がいるからなんだと。そこに誰かがいてくれるから、病と闘えるんだって。ぼくも、君が寄り添っていてくれるから、子供のように甘えて、閉じこもることができたのだ。

今までぼくは、どこかで本気を出さずに、生きてきた。でも、病と本気で闘うなら、そろそろ地に足をつけなきゃいけないと思う。閉じこもるのも闘うための手段ではあるかもしれないが、出て行くことを忘れちゃいけない。君の手紙を読んで泣いたあと、体の痛みがやけにリアルになってきて、でも、漠然とした恐さが不思議となくなってきた。君が書いてくれたように、それと向きあうのは、ぼくしかいない。ぼくがいるべき、選ぶべき場所は他でもない、体があるここなのだ。体が言ってる。自分の体に戻ってこいと。もしかすると、それを気付かせるための病だったのかもしれない。

病めるときも、健やかなるときも……か。

「相手が病んでるときも、愛せるか?」という問いかけだと今まで思っていたが、「自分が病めるときも、人を愛せるか?」という意味でもあると、これも今気づいたよ。そして、それは誓わなければいけないぐらい、難しいことだということも。つまり、ぼくは試されているわけだ。

確かに動物であれば、生きるか死ぬかなのだから、病んでいるときは自分のことばかり考えてしまうのはしかたがないことだ。でも人として、このような状況でも、どれだけ君のことを想えるか、試されている。それは、夫という役割を求められていることでもない。君が言うように、ギブアンドテイクの愛ではなく、何をも恐れず、君に愛を注げるかどうか試されているんだと。その戦いに勝てば、昔話に出てくる英雄と同じになれるだろう。完治しない病と戦うのはつらいが、この戦いならば、少なくともゴールは見えているから、勝てそうな気がする。扉の向こうに、君がいてくれるのだから。

そう、病んでる者にまず必要なのは、薬でも、原因の究明でもない。たぶん、救いなんだ。「救い」……やっと言葉になった。君は、お義父さんにも、お義母さんにも、それをあげていたと思う。

君の深い愛情に、心から感謝している。他には何もいらない。だから洗濯ものは自分でどうにかする。だけど、ときどきカフェには来てほしい。会いたいから。本当は、今すぐにでも会いたいんだ（君の手紙を読んで、あわてて病棟から点滴引きずって行ったんだが、いなくて、ガッカリ！）。

7

十二月に発売された、ある文芸誌の新年号に、佐伯夏子先生が寄稿した短いエッセイが載っていた。

『グッバイおっぱい、ほんとに、グッバイ?』

「グッバイおっぱい」とは、両乳房が外を向いて離れているおっぱいの形を言うらしい。佐伯先生は、力士にシンパシーを感じると、自分のその理想型でないおっぱいをいつも面白おかしく語るが、その胸にがんができたことを告白していた。病院の地下にある書店で、その雑誌を立ち読みしていた私は、休憩時間がそろそろ終わることに気づいて、速やかにカフェに戻った。佐伯先生が編集者の安斎さんと話していたテーブルを見て、複雑な気持ちになった。あれ以来、先生の姿は見ていない。退院、もしくは転院なさったのかもしれない。私の懸念が当たってしまったわけだが、事実を知ると、やはり重い気持ちになる。もし、自分だったら、命にかかわる病をネタに、エッセイなんて書けるだろうか？　病気になってから思うところあって初めてペンを取る人も多いが、病気になっても書き続けるのが、作家の宿命なんだろうなと改めて思う。

「なに、たそがれてるんですか。あ、クリスマスだからか」

ぼんやり考えていると、村上君が背後から言った。

「君こそ。イブにバイト入れて、彼女とかいないの？」

ハハッと村上君は、ごまかすように笑って、何も言わない。この人に彼女がいないわけないと思うが。もしくは、彼氏かもしれないけど。

「そちらは、ご主人とディナーとかしないんですか？」

「自然酵母のパン屋も、茶色い小麦と豆乳で作る地味なケーキが毎年けっこう人気で、忙しいんだよね。ちなみにトッピングは有機のナッツ」

村上君は、へー、おいしそう、と返した。私はクリスマスぐらい真っ白な生クリームの上に赤い苺がのったベタなケーキが食べたいけれど。

「まあ、こうやって普通に過ごすのも、いいよね」

自分の言葉にうなずいて私はレジに戻った。日曜の午後にしては、客の入りは良い方だった。おそらく、クリスマスを病院で過ごさなくてはいけない人をかわいそうに思って、見舞いにやって来る家族や友人が多いのだろう。

「いらっしゃいませ。こちらにも見やすいメニューがございます」

この手のカフェには不慣れな感じでメニューを見上げている老夫婦に、私はレジから声をかけた。レジまわりや商品棚はささやかにクリスマスの飾り付けをしてあるが、シーズンを通してムードというものがない病院の中は、イブでも整然とした表情を変えることなく、アメリカのように医師や看護師がサンタの帽子をかぶって歩くようなこともなく、いつもと変わらないリズムで、営業時間は淡々と過ぎていった。……夕方までは。

「カプチーノ……のエス、エム、エル――」

早い日暮れにあわせるように現れたウルメは、同じ黄緑のヤッケで冬を越すようだが、いつものようにメニューを指して読み上げていった。村上君は自分に用がないことはわかっているから、流しでピッチャーをのんびり洗っている。私はオーダーを聞く前から、右足かかとに重心をかけ、すぐにまわれ右をして、後ろのドリンク台でカップにティーバッグとお湯を入れる準備体勢になっている。

「――ティー……のエス！」

そして予想どおり、そこで止まってウルメは注文した。しばらく顔を見せなくなって、もしかして死んじゃったのかな？　と心配していたけれど、今月に入ってまた来店するようになったので、私は密かにホッとしている。久しぶりに現れたウルメは、いつもの彼であったが、どこで手に入れたのか割引券を持っていて、注文も「本日のコーヒーのS」から「ティーのS」に変わり、私を驚かせた。以降、ティーしか頼まなくなったが、飲みかけのものに水を足して飲む作法は、コーヒーのときから受け継がれている。コーヒーのときは思わなかったが、最近はティーバッグなので、お湯を足してあげたくなってしまう。

「ごゆっくりどうぞ」

いつものようにマグカップで提供すると、ウルメは両手で、危なっかしくそれを受け取る。言われなくてもゆっくりしていくだろうけど、彼が今日、現れてよかったと思った。姿がなく、クリスマスの日に彼はどこでどうしているかなと考えるより、ここにいてくれた方がいい。少なくともここは暖かくて、座る場所があって、飲み物がある。ぎこちないすり足で、紅茶をテーブルに運んでいく彼の後ろ姿を見つめて、そうだ、クリスマスだから、あとでこっそりお湯を足してあげようと思った。

「いらっしゃいませ」

村上君の声に入口を見ると、入ってきたのは、マダム・スプラッシュだった。その名の通り、以前ここで旦那にソイラテをぶっかけた人だ。後日やってきて、「お店を汚してしまって、大変申し訳ありませんでした」と、深々と頭を下げられてしまった。いえ、なかなか見られないものを見せていただき、面白かったです、とは返せなかったけれど。クリーニング代を払うと言うので断ったが、その代わりなのか、それからも頻繁に店に来て、飲み物の他に、菓子やパンなども買っていく。いつも一人でやってきて、マダムはぼんやりと飲み物を飲んだり、本を読んでいるが、しばらくすると必ず、入院している旦那様が病棟から下りてくる。あんなに激しい夫婦げんかをしていたのに、仲良さそうだ。

「よくわかんないな」

独身の村上君は言う。既婚の私も、飲み物を夫にぶっかけるまでのケンカはしたことがないが、いつかは酵母菌をぶっかけるぐらい、やるのかもしれない。所詮、夫婦なんて他人なのだ。だからこそ、親や兄弟以上に仲良くもなれるし、おもいきったケンカもできる。

「いらっしゃいませ」

レジにやってきた彼女に、私も言った。先々週ぐらいから彼女の顔を見ていなかったので、思わず営業スマイル以上の笑顔になる。

「こんばんは」

マダム・スプラッシュもそのように挨拶してきた。これって店員にとっては、けっこう嬉しいことだ。

「こんばんは。今日は、何になさいますか?」

「あの……」

彼女は後ろを見た。部屋着でないので一瞬わからなかったが、丈の長いオーバーコートを着ている旦那様が、そこに立っていた。

「実は二週間前に、退院したんです。今日は、車で近くを通りかかったので」

報告する彼女に、私はさらに笑顔になって返した。

「それは、おめでとうございます!」

旦那様も、照れくさそうに私に会釈を返した。相変わらず痩せてはいるが、その表情はすっきりしているようにも見える。マダムは説明した。

「あの、完治したわけではないんですけど……とりあえず。それで、ありがとうございました。あの、ここ、よく使わせてもらったから」

「こちらこそ、ご利用いただきありがとうございました。ぜひ、またいらしてください」

と言ってしまって、慌てて私は二人を交互に見て訂正した。

「いえ、ご病気でなくても、いらしてくださいってことです」

マダム・スプラッシュと、その夫は、それぞれに微笑んで返した。

夫婦は、ソイラテは頼まず、カフェラテと、チャイティーを村上君から受け取ると、空いてる二人席へと向かった。やっぱり、ぶちまけた席には座らないんだ。

「なにか、いい話ですか？」

村上君が、小声で聞いてきた。

「うん、そうね」

もったいぶって返して、私はまた賑やかになってきた客席を見やった。私服に着替えた看護師と思われる若い女子の二人連れと、見舞い客らしい中年の男女の三人連れ、子ども連れの家族が一組。休憩中のスクラブを着た男性看護師に、ドレンバッグをスタンドに下げている男性の入院患者。そして常連のウルメ、スプラッシュ夫妻に……あ、ゲジデントもいる。

「いい話って言えば」

村上君はレジ横の商品を指した。

「このレジ横のクッキーが、妙に売れてるわけ、知ってます？」

えっ、知らない、と私は首を横にふった。

「このクッキーを食べると、病状が不思議と良くなるっていうジンクスが今、この病院の患者の間で広まってるらしいです」

どうりで、と丸くて厚みのあるクッキーが詰まった袋を、興味深く見た。最近、常に在庫が少ないから不思議に思っていたのだ。

「しかし、なんで、そんな話になったのかな？」

「って、思いますよね？」

「病気が良くなるクッキーか……」

私が呟くと、村上君は何か言いたげに客席の方を見た。ウルメが両手でマグカップを持って、ティーのSをすすっている。

このクッキーを食べると病気が良くなる……。

ここのコーヒーはカラダにいい……。

「なんか……」

村上君が言って、私はそれを受けた。

「彼を、連想するよね」

レジ横にあるクッキーを改めて私は見つめた。『カラダにいいクッキー』か。私も、買って帰ろうかな……。

「ありがとうございました」

女子の二人連れが店を出て行くのを、村上君の声で気づいた。ありがとうございましたと私も背中に言って、彼女らが返却口に置いていった食器やゴミを片付けた。その棚をきれいに拭いたそばから、テイクアウト用のカップを乱暴に置く人がいて、ありがとうございます、と返すと、ゲジデントだった。いつものごとくスマホを耳にあて、遠慮なく大声で話しながら彼は去って行ったが、ふと思い出した。そういえば、彼はウルメが現れないことを気にしていたが、あれは、なんだったのだろう?

「クッキーのジンクスの出所は謎ですけど、病院ならではの『いい話』ですよね」

村上君は洗い上がったマグカップをエスプレッソマシンの上に重ねていきながら言った。

「君も、『いい話』が好きだよね」

私は、そのクッキーを補充しながら返した。

「好きっていうか、『いい話』をもとにして小説でも書こうかなと」

予想外の返事に、私は手を止めた。

「物書きになりたいの？」

「相田さんと同じで、実は、もうなってたりして」

嘘っ、そうなの？　と思わず大きな声で返した。

「冗談ですよ」

と彼は笑った。が、最近は若手の作家が三十秒に一人ぐらいデビューしているというから、ありえる話だ。私は怪しむように彼の顔を見た。異性のペンネームを使ったり、覆面作家も多い。

「ほら、今『いい話』ってウケるじゃないですか」

市場もちゃんとリサーチしているし、あなどれない。

「小説書けたら、出版社を紹介してくださいよ」

と言う彼に、すかさず返した。

「そんなの私が紹介してほしいよ」

「そんなに仕事がないんですか？」

あることはあるけど……。実は、例の佐伯先生と話していた編集者、安斎さんから連絡があって、同じ出版社の児童書部門の人を紹介された。新しくウェブサイトを作るので、それに載せる、短い童話を書いてくれる人を探してるという。安斎さんは、私の文体が児童書にも向いてそうだから、と言ってくれたが。結局、バイトしてるのを見て、哀れんで仕事をふってくれたのかも。ありがたく引き受けたが、いきなり童話と言われても、それは大人が読むものを書くより実は難しい。食べ物と同じで、子供の舌はごまかせない。それこそお粗末な「いい話」でも書こうものなら、うえっ、と口から出されてしまう。シンプルで素材を味わうようなおいしいものを作らなくてはと、いつになくプレッシャーを感じ、手を付けられないでいる。

「ウェブに載せる、短い童話を頼まれたんだけど」

「いいじゃないですか。まさに、このクッキーの話とか。ぜったい子供にウケますよ」

彼は私の持っているクッキーを指した。

「いい話を、私が使っちゃったら、君が困るじゃない」

「いいですよ。ぼくはオリジナルの、いい話を作りますから」

確かに、それでこそ作家だ。すると、村上君は笑みを含んで私を見た。

「あ、でも『間りん子』の芸風じゃないか、いい話は」

やっぱりバレていた。そこまでわかっているということは、私の本を読んだに違いない。

「芸風って。作風って言ってよ」

「相田さんは、ペシミストなんですか？」

「そういうわけじゃないけど。でも、子供の頃好きだった童話は『人魚姫』だった」

海の泡となった人魚姫は、天国に行きました。と、現代の本では無理やりハッピーエンドにしているが、本来は完全に悲劇だ。

「……いい話や、ハッピーエンディングが、嫌いなわけでもないんだけど。完璧な形で物語を締めくくるのは、私には難しい」

「それを、悲観的と言うのでは？」

「そうか」

でも、この世界、全ての事象、宇宙というものは、あまりに複雑で混沌としていて、めでたしめでたしでは、語れないではないか。悲観的と言われればそうだけど、自分に子供ができないことや、思いどおりにならないことを残念に思いながらも、自分の理解を超えたところにある世界を、どこかで敬いたいのだ。それを繙《ひもと》きたい、という欲求もある。弱いなりにも向きあいたいという気持ちが。

「まあ、ペシミストなんだろうけど……軽く病んでるし。だからこそ、いい話を書こうもんなら」

並べたクッキーを見て、私は返した。

「きっと号泣しちゃって、原稿が書けないと思う」

でも、その宇宙の複雑さや混沌の中に、奇跡が本当に生まれることも否定しない。浜辺に打ち寄せる無秩序な波を理解しようと観察している私だから、波が偶然に重なって、美しい直線を描くのを見たとき、人一倍、度肝を抜かれてしまうのだ。つまり、そういう話に、『いい話』に誰よりも弱いのだ。悲観的に生きるヤクザだからこそ、カタギよりも実は涙もろい。

「そこにハマったら、出てこれないかも」

村上君は、ああ、と大きくうなずいた。

「それは、相田さんを見てれば、なんとなくわかります」

どうしてそこまで納得してくれたのかわからんが、

「……ま、そんな芸風です」

と言い捨てて、私はたまっている食器を洗いにバックヤードに戻った。

洗い物を終えた私は、明日でクリスマス商品は全て片付け、新年に向けた新しい商品と入れ替えなくてはいけないので、店長のメモを見ながら準備しておくものをそろえていた。ここだけでなく、どこの店でもイブには商品の入れ替えに忙しくしていることだろう。イブを楽しんでいる人なんて、ほんの一部なのかもしれない。さっき店を出て行ったゲジデントも、本物の医者ならば、クリスマスなのに当直だということになる。家で待ってる家族とか……いそうにないけど、大変だなと思う。この上の病棟で、今日、息をひきとる人だっているかもしれない。生まれる人もいるだろうけれど。クリスマスとお誕生日が一緒になっちゃって、それもまたかわいそう。もしかして、ゲジデントは産婦人科の医師だったりして。ここでいつものんびりしてるのは、お産待ちなのかもしれない。嫌だなー、あの人に子供を取り上げてもらうのは。などと、以前はあまり触れられなかった出産ネタにも、自らつっこめる、少し強くなった自分がいる。

「相田さん、相田さん」

村上君が小走りにバックヤードに入ってきた。また手がおろそかになっていた私は、慌てて新商品の箱を持ち上げた。

「はいはい？」

「相田さん、ちょっと、こんなものが、カウンターの上に。いつからあったのか、わからないんですけど」

　彼は私に白い紙を見せた。それはコピー用紙を半分に折ったものに見えたが、紙幣らしきものが挟まれているのが、透けてわかった。

「なに、忘れ物？」

と聞くと、村上君は大きく首を横にふって、その紙を広げた。挟まれているのは、やはり一万円札だった。白紙にボールペンで書かれた走り書きの文字を、職業柄、私は瞬時に読んだ。

『カフェにいる皆さんに（店員さんにも）、もう一杯、好きなものをこれで。残ったら「歳末助け合い」の箱に。メリークリスマス』

　村上君は、興奮して鼻息荒く、私に判断を求めた。

「どう、どう、します？」

　私は文面をもう一度、丁寧に読んで、彼に言った。

「やった、ラージサイズもあり？」

「ぼくが、みんなに説明して、オーダーとってきます」

Jリーガーがフィールドに出るように顔を輝かせて、村上君はメモとメニューを手に、フロアに出て行った。私と村上君で協議した結果、「もう一杯」飲めないという人は、菓子やケーキでもいいということにした。一番高いケーキを全員が頼んでも、充分にお金は足りそうだ。ドキドキして私はカウンターから村上君を見守った。村上君は、一組、一組、一人、一人に、例の紙を見せて丁寧に説明している。皆、村上君に声をかけられると、ギョッとして、怪訝な顔になり、それが驚いてる表情に変わり、最後は笑顔になる。

「ホントに、いいんですか？」

「誰から？」

などと相手から質問も必ず戻ってくるが、村上君は首を縦にふったり、横にふったりして、丁寧に応対している。思いがけないプレゼントを、辞退する人はいなそうだった。誰もが嬉しそうにメニューを指して、注文している。スプラッシュ夫婦も、言葉なく顔を見合わせていたが、じゃあ、と何か注文していた。……そして、最後にウルメの番が来た。村上君は彼に近づいたが、急に回れ右をして、私の方に足早にやってきた。

「彼は……相田さん、お願いします」

「なんで私？」

「ぼく、これだけの大量の飲み物を作らなきゃならないので」

村上君は、どのテーブルの人が何を頼んだか、ぬかりなく書き込んだメモを見せて、カウンターに入った。確かに、ウルメにこのプレゼントのことを説明して、注文を取るのは容易なことではない。ヘタすれば朝までかかってしまう。了解しましたと、バトンタッチして私はカウンターから出た。

「すみません」

私が声をかけると、ウルメは、その目をさらに大きくして驚いていた。

「あの……今日は、クリスマスなので、プレゼントがあります」

かなりはしょって、私は説明した。

「お店からではなく、ある親切な方から、ですが」

ウルメは無言で、瞬きもせず、私を見つめている。

「つまり、もう一杯、お好きなものが飲めます。タダで！」

タダという言葉を強調したので、他の客が笑いをこぼすのが聞こえた。

「なにか、お飲みになりたいものはありますか？　タダです」

くり返して私は、ウルメにメニューを見せた。ウルメは視線を私からメニューに移した。また上から順に読み上げていくに違いない、と私は身構えた。しかし彼は、すぐにまた私を見た。

「……おゆ」

ウルメは言った。

「オユ？」

その発音に近いものを私はメニューの中に探した。

「もう一杯、飲めんだろ？　お湯を、これに、お湯を、もう一杯」

ウルメは少しだけ紅茶が残っているマグカップを指した。その発言の衝撃に、私は後ろに倒れそうになった。それって、私がさっきまでプレゼントしようと思ってたものだし。

「ここに、お湯入れて。すごーく濃いの、が残ってるから、ここに」

ウルメは真剣に、マグカップの底を指している。私は彼に伝わるように、できるだけやさしい口調で提案した。

「でも、せっかくですから、新しいものを。もしティーが良ければ、同じものをもう一杯、に……しませんか？」

ウルメは口を半開きにして私の言葉を聞いていたが、首を横にふった。

「いつも、お湯が、欲しいんだ。だから、お湯」

ウルメはマグカップを両手で持ち上げ、私に差し出した。

「お湯の、エス」

お、お、お「お湯のS」！　負けた……と私はうなだれた。完敗ですと深くうなずいてから、ウルメに笑顔で告げた。

「かしこまりました。では、お湯を。『お湯のS』を、これに入れてきます。少々お待ちください」

マグカップを受け取ると、ウルメは大変嬉しそうに、口角をあげた。そんな顔を見るのは初めてだった。

さすがの村上君も、皆のオーダーを一度に作るとなると大忙しで、額に汗をにじませている。せっかくだからと、普段は頼まない手のかかるリッチな飲み物を頼む人も多く、工業用ロボットのようにフル回転している彼の横で、私もトッピングなどを手伝い、出来上がったものから、速やかに運んでいった。けれど、誰もが時間がかかることは承知のようで、思いがけないプレゼントが届くのを、楽しげに待っている雰囲気が、フロアには漂っていた。

「ありがとう」

「メリークリスマス」

「誰だかわからないけど、いただきます」

などと皆から、飲み物と引き換えに嬉しい言葉がこぼれた。

そして、スプラッシュ夫婦のどちらかが、ソイラテを注文したことを知って驚いた私は、それをご夫婦のテーブルに置くと、

「ぶっかけないでくださいね」

二人に囁いた。旦那様は微笑んで、

「大丈夫。このコートは防水だから」

と返し、奥様は困ったように、口に人差し指をあてた。

カウンターに戻ると、村上君が手を動かしながら、ウルメをチラッと見やって聞いた。

「彼の、オーダーは？」

「……それは、私が作ります」

私は、ウルメから受け取ったマグカップに、彼の望みどおり、熱いお湯を足した。

そして、ちょっと考え、新しいティーバッグを小皿にのせて、一緒にそれをウルメのところに持って行った。

「お待たせしました。お湯のS、でございます」

このカフェは日本全国におよそ二百数十店舗ほどあるが、『お湯のS』を出した店は、この店だけだと自信を持って言える。

「あのもし、薄いようでしたら、新しいティーバッグを入れてください」

私は、マグカップの横にそれを置いた。ウルメはあまり興味なさそうに見ていたが、ティーバッグをそのまま手でつかみ、ヤッケのポケットに突っ込んだ。あ、そう、と私は心の中で呟き、また敗北した気持ちで去ろうとしたが、ウルメが私を見上げて言った。

「この、このティー、このティーはね。カラダに、いいんだよ。センセが、言ったからね」

私は無言で、彼の大きな目を見つめ返していたが、応えた。

「そうなんです。このカフェの……ティーは、カラダにいいんです。ここの飲み物は、みんなカラダにいい。だから、元気になります！」

私の言葉にウルメは満足そうにうなずいて、薄いティーを音をたててすすった。

私はその横に立って、フロアを見やった。村上君が、最後に作った飲み物を、自ら運んでいる。それは男性の看護師に渡された。

「お疲れさまです」

「メリークリスマスです」

と、言葉を交わしている。全員に、プレゼントは行き渡ったようだ。全ての飲み物がホットだったせいか、暖かい空気でそこはいっぱいだった。


私は遠慮なく、普段は注文しない期間限定商品のスパイスティーラテのLに、ハニーシロップを追加してもらい、村上君もカフェモカのLに、ショットとクリームとチョコチップをダブルで追加するという前代未聞のオーダーを自分に作り、手紙の指示どおり、残りのお金は、レジ横の歳末助け合いの募金箱に入れた。

「どうする？　このこと小説に書く？」

閉店時間が近づくにつれて、プレゼントをもらった幸運な人たちは、一人、二人と消えるように、帰っていった。そして誰もいなくなった店で、片付けをしながら私は村上君に聞いた。

「いやぁ、書けないでしょう」

彼はまだ興奮が冷めないような目で返した。私も同感だった。

「村上君があんまり、いい話、いい話っていうから。サンタがくれたのかもよ」

「かもね」

と彼は、営業スマイルではない笑みをたたえていた。

私服に戻って、裏口から出ると、カフェの中が実際に暖かかったことを思い知らされた。村上君がバイクで去っていくのを見送るのと同じタイミングで、携帯が鳴った。

「駐車場に、トナカイのソリがお迎えに来てます」

ふりかえると、うちのステーションワゴンがあった。

地味なクリスマスケーキも昼過ぎには売り切れてしまって、今日は店も早く閉めた、と言う夫が運転する車の助手席に落ち着くと、私は待ちきれず、今夜の出来事を、一気に話した。

「へー、そんなことあるんだ。なんか映画みたい」

と冷静に言う夫に、私はしゃべり続けた。

「送り主は、誰だと思う？　スプラッシュ夫婦も、夫がトイレに行ったから、それをカウンターに置いた可能性はあるんだよね。わざわざイブに店に来ることが、まず怪しい」

「確かに」

「でも、まあ、村上君が、なんと言っても怪しいよね。『ぼくはオリジナルでいい話を作る』って言ってたから」

うーん、と航一は考えていたが、

「だけど……それに一万円を使うかな。バイト代が、とんじゃうよね？　そこまで、やるかな」

「そう言われると……」

あの走り書きのメモを思い起こしていた。村上君の字じゃないような気もする。

「……意外なところで、ゲジデントだったりして。文面も彼っぽい」

私が言うと、彼は同意できないように首を傾げた。

「えーっ。そんな、いいヤツじゃないでしょう？」

「クリスマスに、悪いヤツがいいヤツになるのは、お約束でしょ？」

「まさにアメリカ映画だな」

彼はチラッと私を横目で見た。

「なーんて言って、実は、君なんじゃないの？」

「えっ、わたし？」

私は裏声で返した。

「ほら、あやしいなー。作家は、他人になりすますのが商売だし、なんだかんだ言って、人を騙すのが好きだからな」

などと作家を犯罪者のように言う。

「でも、私の芸風じゃないでしょ」

「芸風？」

「村上くんに、ペシミストって言われた」

「えー。それだって、なりすましだよ」

長いこと私とつきあっているだけある。なんかくやしいので、私は夫を指した。

「あなただって、あやしい。四時に店閉めたって、駐車場にいつからいたの？」

「えっ、おれぇ⁉」

航一は負けずに高い声を出して、二人で笑った。

繁華街を通る道はにわかに混み始めて、電飾のように点滅する前のエコ車のテールライトを見つめて、私はしばらく黙っていた。

「でも……本当のところ、あのプレゼントは、彼がくれたんだって私は思ってる」

点滅は点灯になり、前の車は停止して、横断歩道を夜とは思えないぐらい人が、ぞろぞろと渡っている。ウルメは、いつものように閉店五分前までいたが、気づいたら消えていた。今、彼は、どこを歩いているのだろう?

「ウルメがくれた聖夜の贈り物。それが、彼からじゃなくてもね」

その夜、私は依頼されていた童話を書き始めた。パソコン画面ではなく、真っ白な原稿用紙というものに久しぶりに向かって。すべての子どもたちを想い……その中には、この世に生まれてこない自分の子もいる。彼らにささげる気持ちで、ペンを持った。タイトルは……。

『うるうるおめめのちっちゃい恐竜』

地球上に、たった一匹だけ残った最後の恐竜のお話だ。大きなうるうるした目の、黄緑色の小さな恐竜が、哺乳類たちにあとを譲って、絶滅するまでのお話。でも、悲観的な話には、ならないと思う。きっと村上君も羨む「いい話」になるだろう。

解　説

「健康」と「病気」の間

中江有里

数年前に受けた脳のＭＲＩ検査で気になる影が見つかり、経過観察中にある。幸い何の症状も出ないまま今に至っているが、影が見つかった当初は不安だった。そんなわたしに先生はこうおっしゃった。

「脳の検査は、誰もが受けるわけではありませんから」

一生検査を受けない人は、たとえ影があったとしても、症状が出なければ気づかない。わたしも頭痛外来ですすめられて検査を受けなければ、わかるはずもなかった。

「考えられる病気の可能性をつぶしていきましょう」という先生の言葉に従って、あらゆる検査を受けた。結果、どの病名も当てはまらなかった。

以降、原因不明の影とともに毎日を過ごしている。

それ以外にも、年を重ねるごとに体の不具合は増えてきている。わたしは胸を張って健康とは言えないが、かといって病気でもない。あいまいが常態化している。

本書の主な舞台となるカフェもあいまいな場所だ。ここで強調したいのは舞台が喫茶店ではなく、セルフカフェであること。エスプレッソマシンを使った本格的なドリンクを提供しながら、患者も医者も見舞い客も同じく、すべての客を適度に放っておいてくれる。わたしが経過観察で通う病院にもこうしたカフェがある。

そこは仕切りのないオープンスペースの壁沿いに設置したカウンターを囲むように、椅子とテーブルがいくつもあるカフェだ。不思議なのは、カウンターと反対側の壁沿いに飲み物の自動販売機が二台並んでいること(設置するときに「カフェの向かいに自動販売機ってどうよ?」という疑問は出なかったのだろうか)。ついでに言えばカフェと目と鼻の先にはざるそばにカレー、生姜焼き、ハンバーグ定食といった和洋折衷メニューの食堂もある。

なんだか混沌としたスペースだが、自販機の影響はあまりないようで、大抵カフェは人で賑わっている。

行ってみてわかったが、病院のカフェは優しい。病人やわたしのような年に一回の患者、見舞い客もやってきて「お互い大変ですね」といった会話はなくとも、知らない相手を自然と労《いたわ》るような空気が流れている。食器を置きっ放しにする客はおらず、席の取り合いも見かけないきわめて穏やかな空間だ。

病院は基本的に病人、医者や看護師などの医療従事者の職場。中でもカフェは院内にあって、外の世界を感じさせる数少ない場所だ。

本書はバイト店員の相田亮子をはじめ、何らかの事情でこのカフェを訪れた人々の物語が描かれる。

ある日曜日の客は黄緑のヤッケを着た小柄な男「ウルメ」、やたら態度の大きい医師「ゲジデント」、これから入院する夫に付き添っている妻。外来のないひっそりとした週末の客は平日に比べると少ない。

本業は小説家である亮子の視点を案内に「院内カフェ」に足を踏み入れると、その描写の細やかさに乗せられて、いつのまにかカフェの客になってしまうようだ。小説のネタにと、同じバイトの村上君から「いい話」の押し売りをされるが「いい話」に辟易としている亮子のつぶやきにどきりとした。

「私も病んでる一人だから、気持ちはわからなくもないけれど」

その後明かされる亮子の病とは、名の付かない病気だろう。夫にも同僚にも働く理由を理解されないままバイトをし、かつて患った両膝がこの病院で回復した時のように、もう一度癒やされたいのだ。

藤森夫婦の場合は、病で入院するのは夫の孝昭だが、妻の朝子も結構深刻な状態にある。両親の介護が終わってまもなく、夫の病が発覚し、生真面目で何事にも手を抜かない朝子は自分を犠牲にしてでも夫のために尽くそうと懸命だ。それなのにむくわれない。まさしく片思い――

「健康な人間に、このつらさ、この気持ちは、わかるまい」

健康な者は病気の者を守り労る。当たり前のようにやってきた朝子をはねつけるように、夫は心を閉ざしてしまう。

長年連れ添った夫婦間に生まれてしまった健康と病気の間の壁。互いの苦しみや痛みをわかりあえず、どんどん壁は高くなってしまった。

壁なら、亮子夫婦にもそびえている。

なかなか出来ない子どもを「自然」な方法で求めたい、それが無理ならはたしてどうするか――

子どもの出来ない自分を「絶滅種」と言う亮子に対して夫・航一はそれを否定せず、絶滅の意外な見解を示す。

望んでも報われない時、相手に必要とされていないと思う時、二人を遮る壁は高くなる。助けて貰いたい、手を貸して欲しいはずなのにどうしてそうなるのだろう。亮子と航一も、朝子と孝昭も、お互いに疲弊して遮られた壁の向こうを意識しながら、手を伸ばせない。

しかし人生は続き、病もまた続く。そして病はよくなったり、悪くなったりもする。

だからこそ、病の経過観察の大切さを感じる。わたし自身、病の可能性を捨てきれず観察を続けているのだが、ふと活火山を抱えているみたいに思える時がある。爆発は明日か、一年後か、あるいは死ぬまで爆発しないかもしれない。

ある時「経過観察は定期健診だと思えばいいんです」と医師から言われて、なんとなく気が楽になった。

これはメンテナンスと同じだ。体も心も自覚症状がなくても、何らかの不具合が出てくる場合がある。そうならなるべく早期に発見して、治療するのがいい。そのためのメンテナンスなのだ。

院内カフェに集まる面々では、バイトの村上君は物語のスパイスとなっている。

彼の提唱する「ウィルスと人間の共生を支援する運動」によると、本来人類はウィルスや菌から身を守る能力を持っているから、死なない程度の熱なら、薬は飲まない。その自然のサイクルを守ることが人類のため地球のためになる、という。

具合が悪くなるとすぐに薬に頼ってしまうわたしは、体への信頼が足りていないのだろう。村上論を突き詰めればウィルスや菌との共生とは結局異物との共生。そうなると花粉症の場合、ともかく異物の花粉を防ぐことに躍起になるが、実は誤作動してしまった免疫システムが問題といわれて、なるほどと頷いた。

あまり多くを語らないウルメ（大橋茂）、ゲジデントこと泌尿器科医の菅谷先生の関係は、経過観察中の元がん患者と医師。ここにもまた健康（医師）と病気（患者）の壁が存在する。

菅谷はいわゆる三分診療で患者をさばいていく医師だが、彼が目指しているのは患者に正確な情報を理解してもらう「見事な三分診療」だった。

患者は時間をかけた診察をよし、とつい思いがちだが、必要なのは短時間に医師と患者の壁を越えられる診察だ。

健康と病気の壁は、いつどこにあらわれるかわからない。夫婦でも親子でも壁はあるし、むしろ身内だからこそ厄介な壁にもなる。

誰よりも近い相手と遮られてしまう。それは互いの孤独を生み、相手が見えない不安が猜疑心を呼ぶ。では壁を越えてしまえばいいかというと、そうもいかない。

これは必要な壁なのだ。それは相手のスペースを尊重することでもあり、自分を守ることにもなる。突然あらわれた健康と病気という壁に戸惑ってしまうが、これは無意識にあった壁が、ある意味視覚化された状態になっただけかもしれない。

本書が単行本として刊行された時、わたしは短いコメントを寄せた。

「わかり合えなくても、寄り添うことはできる。健康体じゃなくても、ほどほどに生きていられる」

文庫化に際し、あらためて本書を読み返してみて、数年前に書いた自分のコメント、特に後半の（健康体じゃなくても、ほどほどに生きていられる）の部分が我ながら身に迫ってしまった。知らず知らずに衰えてしまう体にショックを受けていたはずが、今は（ま、ほどほどでいいか）と開き直って生きている。

欲を張らずにほどほど、その方が楽だと知ったのは、年を重ねてきたからだ。

これまで数多くはないが、入院手術を伴う病を経験した。だからこそ健康であることのありがたさもわかった。そのうえで、健康とは病気未満の状態だと知った。

誰もが常に健康と病気の間を行き交っているのだ。

健康と病気の間には壁がある。

壁は高くそびえ立っているのか、視線を合わせせられるくらいなのか、その立場に立たなければわからない。だけど壁があっても、向こうに誰かがいてくれるだけで、壁の内側で勝手に孤独にならないでいられる。

それでも孤独に耐えかねたら、院内カフェへどうぞ。カフェに入った読者は病んでいる自分に気づくだろう。病院では診てもらえない、自覚なき見えない病に。医師も患者も見舞客も同じ客としてドリンクを楽しみ、互いの事情は知らなくても目が合えば微笑みを返せる。

院内カフェというサンクチュアリは、見えない病の自然治癒を促してくれる。

（なかえ　ゆり／女優・作家）

院内《いんない》カフェ
朝日文庫

2018年９月30日　第１刷発行
2023年３月10日　第２刷発行

著　　者　中島《なかじま》たい子《こ》

発 行 者　三 宮 博 信
発 行 所　朝日新聞出版
〒104-8011　東京都中央区築地5-3-2
電話　03-5541-8832（編集）
03-5540-7793（販売）
印刷製本　大日本印刷株式会社

Published in Japan by Asahi Shimbun Publications Inc.
定価はカバーに表示してあります

ISBN978-4-02-264897-6
落丁・乱丁の場合は弊社業務部（電話03-5540-7800）へご連絡ください。
送料弊社負担にてお取り替えいたします。

朝日文庫

小川　洋子
貴婦人Aの蘇生
謎の貴婦人は、果たしてロマノフ王朝の生き残りなのか？　失われたものの世界を硬質な文体で描く傑作長編小説。《解説・藤森照信》

小川　洋子
ことり
《芸術選奨文部科学大臣賞受賞作》
人間の言葉は話せないが小鳥のさえずりを理解する兄と、兄の言葉を唯一わかる弟。慎み深い兄弟の一生を描く、著者の会心作。《解説・小野正嗣》

梨木　香歩
f植物園の巣穴
歯痛に悩む植物園の園丁は、ある日巣穴に落ちて……。動植物や地理を豊かに描き、埋もれた記憶を掘り起こす著者会心の異界譚。《解説・松永美穂》

宮部　みゆき
理由
《直木賞受賞作》
超高層マンションで起きた凄惨な殺人事件。さまざまな社会問題を取り込みつつ、現代の闇を描く宮部みゆきの最高傑作。《解説・重松　清》

塩野　七生
黄金のローマ
法王庁殺人事件
遊女オリンピアの秘密とは？　ルネサンス最後のローマ法王の時代をえがく歴史絵巻第三部。《解説・清水　徹》

桐野　夏生
メタボラ（上）（下）
記憶を失った〈僕〉は沖縄の密林で目覚め、一人の青年と出会う。二人は過去を捨てるため名を替え、新たに生き直す旅に出た。《解説・宇野常寛》

朝日文庫

津村 記久子
八番筋カウンシル
生まれ育った場所を出た者と残った者、それぞれの姿を通じ人生の岐路を見つめなおす。芥川賞作家が描く終わらない物語。《解説・小籔千豊》

津村 記久子
ウエストウイング
会社員と小学生――見知らぬ三人が雑居ビルで物々交換から交流を始める。停滞気味の日々にさしこむ光を温かく描く長編小説。《解説・松浦寿輝》

川上 弘美
七夜物語（上）
小学校の四年生のさよは、図書館でみつけた『七夜物語』というふしぎな本にみちびかれ、同級生の仄田くんと一緒に夜の世界へと迷い込んでゆく。

川上 弘美
七夜物語（中）
若き日の両親に出会ったさよと、自分そっくりの「情けない子」に向き合った仄田くん。二人は夜の世界が現実と通じていることに気がついて…。

川上 弘美
七夜物語（下）
最後の夜を迎えたさよと仄田くんは、夜の世界の住人たちを「ばらばら」にする力と対決する。やがて、夜があけると――。《解説・村田沙耶香》

山口雅也／麻耶雄嵩／篠田真由美／二階堂黎人／法月綸太郎／若竹七海／今邑彩／松尾由美
名探偵の饗宴
凶器不明の殺人、異国での不思議な出会い、少年の謎めいた言葉の真相……人気作家八人による、個性派名探偵が活躍するミステリーアンソロジー。

村田　沙耶香
しろいろの街の、その骨の体温の
《三島由紀夫賞受賞作》

クラスでは目立たない存在の、小学四年と中学二年の結佳を通して、女の子が少女へと変化する時間を丹念に描く、静かな衝撃作。《解説・西加奈子》

近藤　史恵
シフォン・リボン・シフォン

乳がんの手術後、故郷でランジェリーショップをひらいたかなえと、客たち。彼らの屈託を、美しい下着が優しくほぐしていく。《解説・瀧井朝世》

柚木　麻子
嘆きの美女

見た目も性格も「ブス」、ネットに悪口ばかり書き連ねる耶居子は、あるきっかけで美人たちと同居するハメに……。《解説・黒沢かずこ（森三中）》

松浦　理英子
犬身（上）（下）
《読売文学賞受賞作》

謎の人物との契約により、魂と引き替えに仔犬として生まれ変わった主人公が、愛する飼い主のために「最悪の家族」と対決する。《解説・蓮實重彥》

西　加奈子
ふくわらい

不器用にしか生きられない編集者の鳴木戸定は、自分を包み込む愛すべき世界に気づいていく。第一回河合隼雄物語賞受賞作。《解説・上橋菜穂子》

窪　美澄
クラウドクラスターを愛する方法

「母親に優しくできない自分に、母親になる資格はあるのだろうか」。家族になることの困難と希望を描くみずみずしい傑作。《解説・タナダユキ》

江國　香織
いつか記憶からこぼれおちるとしても
私たちは、いつまでも「あのころ」のままだ——。少女と大人のあわいで揺れる一七歳の孤独と幸福を鮮やかに描く。　《解説・石井睦美》

江國　香織
ヤモリ、カエル、シジミチョウ
《谷崎潤一郎賞受賞作》
小さな動物や虫と話ができる拓人の目に映る色鮮やかな世界。穏やかでいられない家族のなか、拓人は日常を冒険する。　《解説・倉本さおり》

小説トリッパー編集部編
20の短編小説
人気作家二〇人が「二〇」をテーマに短編を競作。現代小説の最前線にいる作家たちのエッセンスが一冊で味わえる、最強のアンソロジー。

井上　荒野
夜をぶっとばせ
どうしたら夫と結婚せずにすんだのだろう。たまきがネットに書き込んだ瞬間、日常が歪み始める。直木賞作家が描く明るく不穏な恋愛小説。

六道　慧
警視庁特別取締官
捜査一課を追われた星野美咲と、生物学者兼獣医・鷹木晴人のコンビがゴミ屋敷で発生した殺人事件の真相に迫る、書き下ろしシリーズ第一弾。

六道　慧
ブルーブラッド
警視庁特別取締官
捜査一課を追われた星野美咲と生物学者の相棒・鷹木晴人。異色コンビが、絶滅危惧生物と相次ぐ不審死との関係を明らかにする、シリーズ第二弾！

朝日文庫

真堂　樹
男爵の密偵
帝都宮内省秘録

昭和五年、東京。宮内省幹部に飼われる密偵・藤巻虎弥太と、中国趣味の若き伯爵候補・石蕗春衡が怪事件に挑む。帝都ロマン・サスペンス。

篠田　節子
ブラックボックス

健康のために食べている野菜があなたの不調の原因だとしたら？　徹底した取材と第一級のサスペンスで「食」の闇を描く超大作。《解説・江上　剛》

湊　かなえ
物語のおわり

悩みを抱えた者たちが北海道へひとり旅をする。道中に手渡されたのは結末の書かれていない小説だった。本当の結末とは—。《解説・藤村忠寿》

吉本　ばなな
ふなふな船橋

父親は借金を作って失踪し、母親は恋人と再婚。十五歳で独りぼっちの立石花は、船橋で暮らす決断をした。しかし再び悲しい予感が……。

太田　紫織
魔女は月曜日に嘘をつく3

北海道のハーブ園オーナーの〝魔女〟杠葉と、カフェを始めた犬居。二人の下には謎めいたお客が次々現れて……。人気キャラミステリ第三弾。

深沢　潮
ひとかどの父へ

生き別れた憧れの父親は在日朝鮮人——自分の感情と向き合い、父の足跡を追う朋美。昭和史の狭間に秘められていたドラマとは。《解説・木村元彦》

重松　清
エイジ
《山本周五郎賞受賞作》

連続通り魔は同級生だった。事件を機に友情、家族、淡い恋、そして「キレる」感情の狭間で揺れるエイジ一四歳、中学二年生。《解説・斎藤美奈子》

重松　清
ブランケット・キャッツ

子どものできない夫婦、父親がリストラされた家族——。「明日」が揺らいだ人たちに、レンタル猫が贈った温もりと小さな光を描く七編。

浅田　次郎
天国までの百マイル

会社も家族も失った中年男が、病の母を救うため、外科医がいるという病院めざして百マイルを駆ける感動巨編。《解説・大山勝美》

浅田　次郎
椿山課長の七日間

突然死した椿山和昭は家族に別れを告げるため、美女の肉体を借りて七日間だけ〝現世〟に舞い戻った！　涙と笑いの感動巨編。《解説・北上次郎》

浅田　次郎
降霊会の夜

死者と生者が語り合う夜、男が魂の遍歴の末に見たものは？　これぞ至高の恋愛小説、一級の戦争文学、極めつきの現代怪異譚！《解説・吉田伸子》

吉田　修一
悪人（上）（下）
《大佛次郎賞・毎日出版文化賞受賞作》

いったい誰が悪人なのか——。殺人を犯した男と共に逃げつづける女。事件の果てに明かされる殺意の奥にあるものとは？　著者の最高傑作。